현대시세계 시인선 160

해부되는 정신의 과잉

신종호
시집

해부되는 정신의 과잉

신종호
시집

도서
출판 북인

과잉의 벌판을 쏘다니며
정신의 철끈으로
말의 기둥에 붙들어 맨
일말의 깃발
그게 전부였으므로
불면과 실패의 아침을
핏발로 맞아야 할 것이다.
고드름처럼,

2024년 1월
신종호

차례

4부 해부되는 정신의 과잉

1부

마른 씨앗의 날들

내가 없는 방에 너의 사랑만 내리는 밤의 지붕, 눈 내려 더는 보이지 않는 자책의 뒷모습들. 그때의 우리는 아무렇게나 내려 녹아버리는 첫눈의 질척한 주변이었을까.

귀로歸路

흰 말을 타고 가을 강 건너 겨울 문턱에 이르렀습니다. 여윈 가지 흔들어 느릿느릿 잎 떨구는 단풍나무 사이로 집 떠났다 다시 돌아오는 오래된 사람의 붉은 기침 소리가 바람에 쓸려갑니다. 낡은 지붕 위로 눈부시게 쏟아지는 새 떼들 울음이, 이제는 다 왔다며 흰 말의 젖은 등을 다독입니다. 노을의 안장에서 내려 옛날을 돌아보는 방랑의 얼굴은 댓돌처럼 편했습니다. 하여, 툇마루에 앉아 지친 눈빛으로 문 뒤의 세월을 다시 보고 있습니다. 꽃 속의 그늘과 그늘 뒤편의 구름, 그래야만 했던 일들과 그러지 말아야 했을 일들의 후회, 하늘에 박힌 바위의 거친 숨소리와 실패의 못에 찔려 꿈틀거리는 심장 속의 또 다른 심장, 발에 차이는 돌들의 비명과 지는 꽃들의 뒷모습이 결국엔 쓸쓸한 겨울 문턱으로 되돌아온 내 시간의 재갈이었고, 영혼의 가난한 고삐였다는 사실을, 이제는 다 알아버렸습니다. 아, 그 긴긴 떠돎의 그림자는 영혼의 가벼운 증발이었습니다. 구름이 구름을 삼키며 멀어져가는 울컥한 날, 살아온 길이 자기의 끝을 버리고 마지막 매듭을 짓는 뒷산 아버지 무덤가에서 나는 흰 말과 함께 봉분처럼 앉아 조용히 울어봅니다. 혼자 돌아오는 길은 참 어려웠다고, 저기 개망초꽃 얼굴이 바람에 다 무너지고 있습니다.

벽
— 사랑의 회고록 1

1

세월의 무릎이 구석처럼 썩는 밤
사랑은 습濕한 소문이었다.

2

움켜쥔 고독이 돌이 되어 뒹구는 나/너의 방바닥에서 식은 밥 먹으며 나≠내일의 절망과 너≠모레의 실망이 질식의 빈틈을 오가며 피 묻은 가위바위보를 했었지. 질투의 가위가 연민의 바위에 맞아 부러져 나뒹구는 비참의 아랫목, 미처 내밀지 못한 나↔너의 우울한 보자기엔 마르지 않은 오해의 핏자국이 도색잡지의 사진처럼 뻘겋게 헐떡이는데, 무표정한 문짝과 겁에 질린 창문의 삐걱 소리가, 쓰다만 시와 깨진 밥그릇이, 다 읽지 못한 책에서 꺼낸 나=너의 두꺼운 가식이 권태의 쳇바퀴를 굴리며 사랑의 미래를 종일토록 비웃었던 그 방의 문턱. 종착역에 내리는 늦은 피곤처럼, 방전된 핸드폰의 깜깜한 침묵처럼 나∪너의 귀는 다른 세계의 소리를 엿듣는 벽 속의 괄호였으니, 이제 누구의 잘못도 아니었던 그때 인연에 모난 시비를 걸지 말자.

3

바람도 비에 젖는 날들이었고, 벽 속 곰팡이들이 검은 장미처럼 피던 그런 밤들이었지. 눅눅한 이불 뒤집어쓰고 우울한 얼굴로 다들 그랬을 것이라는 세속의 변명과 자기만큼 견고해지는 슬픔의 두께로 사랑의 불쾌를 도배하던 나∞너의 혀/알리바이. 눈 없는 두 개의 주사위를 굴리며 불가능의 꿈을 합산해 보는 정육면체의 얼굴과 벽 옆의 벽처럼 어깨를 맞대며 무심히 갈라지는 직각의 표정으로 나/너의 사각지대를 횡단하는 상처의 무한궤도를 뚫고, 사랑이라는 이름의 장마가 시작되던 반지하의 여름. 모로 누워 울었던 등 뒤의 서글픈 간격, 그것이 청춘의 소문이었고, 사랑의 무늬였었다.

4

벽을 허무는 사랑보다
벽을 세우는 사랑이 더 뜨거웠다.

삼인칭의 밤들
— 사랑의 회고록 2

그에게 던진 칼이 별이 되어 반짝입니다. 당신은, 그의 긴긴 죄들이 아름다워야만 한다며 피 묻은 칼을 뽑아 밤의 창공에 증거처럼 꽂아두셨지요. 고독의 망치가 그≠그녀의 뇌를 두들기고, 생각의 면도칼이 그≠그녀의 얼굴을 북북 긋고, 후회의 바늘이 그≠그녀의 등을 촘촘히 찌르는 좁다란 불면의 복도에서, 그≠그녀는 비루한 육체의 난간들을 철거하며 서로에게 불가능이 되었지요. 설명될 수 없는 그의 검은 인격과 묘사될 수 없는 그녀의 붉은 감각이 철제 침대 위에서 삐걱거리며 잠깐의 절정으로 그≠그녀의 뜨거운 윤곽을 쏟아낼 때, 그는 숫돌처럼 누워 그녀 안에 숨은 애인들의 녹슨 얼굴을 서걱서걱 갈아대었습니다. 그≠그녀의 것이 아닌 몸과 타자들의 신음이 방바닥에 흥건히 고여 있는, 의심과 초조와 질투의 큰 개들이 그≠그녀의 심장을 물어뜯는, 사랑이라는 이름의 뜨거운 과잉 속에서 그≠그녀는 피할 수 없는 서로의 함정이 되었습니다. 그녀에게 던진 그의 비난이 재봉틀에 드르륵드르륵 꿰매져 수놓아지는 아침, 꽃 모양 스티커로 봉합한 유리처럼 그≠그녀의 상처가 연분홍 커튼에 위태롭게 아른댑니다. 아무도 사랑할 수 없는 사랑의 실패로 사랑의 전부를 또다시 사랑해야만 하는, 시시포스의 등짝 같은 반복에 매달린 그≠그녀의 힘든 사랑

들. 겨울나무에 앉은 달이 바람에 마모되어 별이 되어가는
잔인의 터널을 지나서, 한두 개의 칼과 죄를 숨겨둔 사랑의
밤은 설국雪國보다 아름다웠다고, 그≠그녀의 당신이 새로
이 증언할 것입니다.

마른 씨앗의 날들
— 사랑의 회고록 3

> — 두고 온 설움이 많아서
> 뒤돌아보는 서로의 하늘에
> 돌 같은 눈이 내리네.

어제, 그 꽃이 말했다. 너는, 죽을 만큼 아팠지만 죽지 못할 만큼 황홀했다고, 심장이 터지고 머리가 짓이겨지는 새벽, 고통의 서랍장을 열어 향기의 윤곽을 토해내며 사랑했었다고, 마른 씨앗처럼 너의 부재不在를 온통 울어버렸다고, 꽃 아닌 얼굴로 꽃의 시절을 버리고 열매의 상처로 망명가는 너는, 내가 버린 시간의 이기적인 흐느낌이었다고, 오늘도 그 꽃이 애원의 까만 입술로 내 곁에 앉아 밤의 말을 목화솜처럼 쏟아낸다. 붉은 눈과 젖은 배꼽의 아득한 공명共鳴이 별빛 칼날에 저며져 차곡차곡 쌓였던 그 겨울의 유리 하늘, 입 없는 창의 절규들이 성에가 되어 서로의 혀끝에서 바늘처럼 돋아나던 몸서리의 천장에, 저주처럼 매달려 나의 등을 노리던 시퍼런 예감의 칼날. 나는 처음의 배후에 숨어 있는 끝의 얼굴이었고, 너의 수척한 이별 예감은 통속의 끈적한 변명이었지. 그래서 쉽게, 다른 이들의 입속에 갇힌 나/너의 사랑은 낯선 땅에서 나쁜 꽃들을 한껏 피

위댔었지. 끝내 그렇게 될 거라는 가난한 생각으로 지는 날의 얼굴을 향해 쏘아보냈던 연민의 독화살, 나/너의 숨겨진 과녁에 중심은 없었다. 내가 없는 방에 너의 사랑만 내리는 밤의 지붕, 눈 내려 더는 보이지 않는 자책의 뒷모습들. 그때의 우리는 아무렇게나 내려 녹아버리는 첫눈의 질척한 주변이었을까.

물빛 뜨락
— 사랑의 회고록 4

잦아드는 먼 빗소리와 아침 능선
여윈 어깨와 층층나무 팔목
골짜기를 오르내리는 안개와 서늘한 이마
번개 껍질 떨어진 툇마루 밑
낙숫물 소리가 댓돌의 적막을 뒤적인다.
처마 끝에 매달린 하늘만 바라보는
당신은, 당신을 뚫고 당신에게로 내리는
빗물의 은밀한 서사敍事
바람의 길목에서 쪼개진 문턱 밟고 선
나는, 할 말 잃고 새까매지는 자갈
아침에서 저녁으로 이우는 낮달과
뿌리까지 울어서 얼굴 푸르러진 수국
뒤돌아보며 흘러가는 흰 구름과
동그랗게 혼자 웅얼거리는 봉선화 입술
젖은 땅에 찍힌 맨발의 쓸쓸함이
안개에 파묻히는 서운의 물빛 뜨락에서
한 담배를 둘이 나눠 피며
옛날의 북처럼 둥둥거리며 웃다가
인사만 걸쳐 입고 주섬주섬 일어서는
당신만의 젖은 결심

산 너머 숨은 강의 아련한 냄새를
입 다문 접시꽃 근처에 남기고 가는
야박한 바람아,
상한 심장 또 상하지 않게
조용히 나만 혼자 피었다 지고 말겠네.
잠시의 감옥에 갇힌 긴긴 슬픔이
유혈목이처럼 고개 치켜세우는
그날의 섭섭한 하늘 뒤편은
다 벗겨지지 않은 오해의 허물 같아서
남은 마음에 비만 내리네.

붉은 몸살
— 사랑의 회고록 5

때죽나무 향기 가득한 오월의 숲은 그렇게나 느렸고
내리막길 철제 담장에 목 받치고 늘어선 줄장미 입술은
뜨거워서 저리 붉으락푸르락하는데

속살까지 근지러워진 길들이 달빛 모서리에 등짝 비벼대
는 아찔한 밤이었는데

새 닮은 두 개의 귀로 바람의 향기를 듣는 코커스패니얼
과 천지사방으로 혓바닥 날름대며 피는 장미꽃들의 명랑한
전쟁이 서로 한창이었는데

그 환장의 그림자를 혼자 밟고 집으로 돌아가는 헛헛한
골목에서, 나의 매몰찬 사랑은

하얗게 발목이 삐어서
애꿎은 바람만 불어서

속절없는 나만, 뽑힌 하늘처럼 당신에게로 무너져 내리
는 붉은 파편들이었습니다. 세상의 모든 밤이 함몰되는 당
신의 눈망울에 박혀 우는

몸살 같은, 그런 아픔이었습니다.

모래 울음
— 사랑의 회고록 6

우물에 고여 찰랑대는 그 여자의 둥근 울음 퍼내 묵은쌀 씻고 밥 안쳐 늦은 상牀 차려내는 사막의 아침. 큰 눈의 낙타와 푸른 빛의 남자가 두 폭의 외로운 발걸음으로 사구砂丘의 능선을 넘어가는 시월 끝자락, 웅크린 사랑이 운다. 떠나는 냄새와 시드는 눈빛, 모래 쌓인 밥그릇에 그 여자의 이름과 그 여자의 숨소리와 그 여자의 뙤약볕 신경쇠약이 빼곡한데, 태양을 지고 가는 남자와 혼자의 숟가락에 앉아 자기 얼굴을 떠먹는 여자. 바람 흩어지는 곳에서 모래의 울음이 흘러나와 모든 길의 발목을 휘감는 늪 속으로, 사랑이 회전초回傳草처럼 굴러간다. 마른 뿌리 말아쥐고 다시 오지 않을 옛날이 떠나간다.

가을빛 목청
― 사랑의 회고록 7

　네 뒤에 서 있으려 했는데, 바람이 분다. 희미해지려 했
는데, 돌아서려 했는데, 석양이 낡은 비애처럼 밀려온다.
웃음으로 울음을 토해내는 외진 국도 옆. 그때의 코스모스
들이 다시 피었는데, 다가선 만큼 멀어지려 했지만 천지 빛
깔로 온몸에 뭉쳐지는 어떤 미련들. 뒤늦게 터진 가을빛 목
청으로 너의 서늘한 목덜미를 물들이는, 나는 지금 한세상
너머의 지옥이다. 너는 거기 단풍든 산속의 붉은 혹독이고,
나는 엊그제 죽은 여름의 눅진한 외설이다. 어쩌면, 사랑이
아니었을지도 모를 불안의 냄새. 꽃들이 제 얼굴 찢어가며
다음 계절의 표정을 만드는 애절의 오솔길을 외발로 걸어
가는 나는, 어떤 계획도 없는 맹목의 전봇대처럼 자꾸 네게
로 기울어진다. 돌아서 멀어지려 해도 바늘 같은 몸살로 늑
골을 쑤셔대는, 시큰한 환절기의 사랑! 가을에서 겨울로 무
너지는 추억의 쉰 목소리. 속수무책의 빈 바람아, 이제는
그만!

한파주의보
— 사랑의 회고록 8

  병든 개처럼 영혼이 비틀대던 그때, 나는 폐허였다. 떠나
간 사랑이 다시 돌아왔지만, 청춘은 이미 시들었다. 과거는
식칼처럼 잔인했고, 꿈은 도마처럼 먹먹했다. 돌아온 사랑
이 기다린 사랑의 비통을 발로 걷어차던 그 겨울의 부엌, 창
밖에는 검은 눈이 내렸고 꿈의 냄새는 눅눅했다. 등이 얼어
붙은 새가 지붕에 떨어져 버둥대던 밤, 세계의 하늘은 내일
이 없는 어제의 파편들로 가득했다. 참으로 많은 사람이 무
엇을 위해 죽고 또 죽임을 당했다. 왜소가 뺨을 후려치고,
매캐한 후회가 그날그날의 얼굴이 되던 도피의 벌판에서
나는 나의 패배를 숨기기 위해 너의 헌신을 물어뜯었고, 너
는 나의 누명을 가죽처럼 뒤집어쓰고 떠나갔다. 사랑을 모
독함으로써 사랑의 온기를 보존했던 비열의 이마에는 잘못
된 신념의 뿔이 움트고 있었다. 더러운 햇살이 기어들던 방
으로 너는 복수처럼 되돌아와 낮은 목소리로 죽이거나 죽
는 법을 알려달라고 했다. 나는 돌아온 사랑의 얼굴을 쓰다
듬으며 예전부터 우리는 이미 죽어 있었었다고 말했다. 사
랑이 죽었으므로, 우리의 어긋난 용서는 박하사탕을 문댄
혀처럼 후련했다. 책임의 짐을 내려놓은 방은 가벼운 플라
스틱 상자가 되었고, 우리는 그 안에서 먹고 자고 울며 돼지
처럼 각자의 미래를 살아냈다. 나/너의 옷을 벗어버린 아랫

도리의 시간은 뜨거웠고, 지하의 잠은 아득했다. 정신은 뚱뚱해졌고, 몸은 야위었다. 돌아와 또다시 지겨워진 사랑이 해골처럼 웃다가 죽은 미래를 밥상에 뭉텅 쏟아내고 떠나던 새벽, 나는 어디로도 회귀되지 않을 사랑의 탯줄을 목에 감고 묵은 죄처럼 바다로 갔다. 좁혀지지 않을 나/너의 인격이 파도에 출렁이는 혼자의 항구. 비릿하고 뼈아픈 찬란들이, 아니 착란의 웃음들이 가자미 떼처럼 발밑에 쏟아지던 그 겨울의 선착장. 갈매기 부리에 찍힌 태양이 피 흘리며 갑판 위를 서성이던 영하零下의 아침, 방향을 잃고 비틀거리는 등대. 나는, 나의 한파寒波였다.

여름의 끝
― 사랑의 회고록 9

지나간 우리 사랑이 말벌처럼 운다.
네가 되지 못했던 나의 잔여와
내게로 쌓이지 않는 너의 낭비가
등나무처럼 얽혀 자줏빛 꽃 피워낼 때
경멸의 입맞춤으로 서로의 심장에
대침을 꽂아대던 은밀의 뒤뜰
사랑이라 믿었던 비릿한 입맞춤으로
온통 피밭이 된 나/너의 정원에는
아름답지 않은 소문만 가득 피어났지.
현기증의 밀어로 귓불을 핥던
우리의 맹세는 죽어서야 애틋해지는
마음과 마음의 빈 껍질이었다며
후회보다 빠르게, 나/너의 붉은 오해가
녹슨 우편함에 칼처럼 꽂혀 삐걱대던
상처의 벌집, 뼛속보다 깊고 깊었던 그곳은
나/너의 의심을 풀어 숨은 죄를 협박하는
치졸한 질투의 동굴이었을 뿐이니
이제 모질었던 혀의 난투는 거두고
내일의 입에 낄 서로의 두꺼운 욕망이나
된 가래처럼 툭, 뱉어내자면서

떠나야만 살아 있을 오늘의 애인이
뾰족한 히스테리와 구겨진 원망의 씨를
노란 봉투에 담아 내게 보내왔다.
나/너의 확신에 뿌려졌던 사랑은
우리보다 나쁜 운명은 없을 것이라는
출처 불명의 검은 자학이었고
서로의 살과 꿈을 갉아대던
차이와 반복의 뜨거운 이빨이었고
막을 수 없는 권태의 밀랍이었다며
묵묵한 내 앞에서, 시들어가는 꽃처럼
일인칭의 모진 시위를 보여주던
당신, 나의 아름다운 결핍이여!

세상에 없는 꽃
— 사랑의 회고록 10

우리는, 아픔 없는 바람처럼 소곤대며
밀애의 깊은 계곡을 건너
뜻 모를 풍문으로 한 시절의 끝을 만지며
여기까지 그렇게 잘 흘러왔네
지리산 능선에 핀 쪽동백들의 흰 하품마냥
한때만 길게 사랑을 내뿜다가
뜬 바람에 고개 숙여 뚝 떨어지고 싶었던
거기에서, 자멸의 굵은 꿈을 꿀꺽이며
층층나무 아래 딴 세상을 도둑처럼 살아낸
비밀과 비밀의 뜨거운 발바닥
한참은 아름다워서 끝이 두려워지던
그 시절의 회고 긴 오솔길
눈먼 새처럼, 사랑의 맹목을 울어대며
서로의 이름에 담긴 욕망을 쪼아대던
우리의 네모난 권태와 질투는
대못을 박아 닫아버린 폐가廢家의
낡은 대문처럼 고색창연했었지.
나의 세월도, 너의 세월도 아닌 곳에서
고딕으로 새겨진 추억을 울어대는
통속의 문패門牌와 다 뭉개져 흐릿해진

너의 이름이 내 이름의 팔 할을 삼켰을 때
꽃을 몰고 가는 바람의 눈짓으로
이별이란, 새로 만든 빗장 같은 거라며
어긋남의 시간을 예견했던 우리 시린 생각은
뿌리의 상처를 묻는 줄기의 몸살이고
세상에 없는 먼 꽃들의 울음이었었지
바람 떠나는 구름과 구름 지우는 하늘의
애틋한 인사처럼, 지친 사랑의 끝은
연민과 연민이 등 돌리고 떠나는 소문이었으며
여기에 없는 꽃들의 향기였으리라.

울산바위
— 사랑의 회고록 11

미시령 돌아 높이 울던 그 바람
지금은 어디서 불고 있을까?
찢어진 마음 배낭에 지고 작대기처럼
일어서던 청춘의 끝자락에서
사랑을 버리고 노래도 버리고, 홀로
목숨까지 찔러가며 걷던 절벽과 절벽
피 묻은 좌절과 가난의 병풍
터널 지나 또 터널인 세월을 지나서
이제 와 다시 보는 하늘의 감옥
더러워진 얼굴로 헌 목숨 구걸하며
원치 않은 타협의 샛길을 살다
가야 할 때와 머물러야 할 때를 잊은
늙고 편해진 이마로 마주친
저기, 뽑히지 않는 후회의 석벽石壁
이름 없는 산새들의 깊은 한숨이
굽이 돌아 낮게 깔리는 미시령 고갯길
때늦은 절박과 여생의 측은한 몸통으로
생활의 벽을 뚫고 걸어온 뼈의 노래
내 쓸쓸함만으로 너의 꿈을 만지지 말자
다 내려와 오를 곳 없는 발목이 아프고

더는 잡을 수 없는 네 손목이 시리다.
비바람 몰려와 안개 데리고 가는 날
떠나지 못한 서운의 한 사람이
사랑의 추문을 석판처럼 들고 서 있는
울산바위 아래, 백 년은 지나야 알 것 같은
푸르고 높고 맑았던 그때의 마음
죄가 커서 더 아름다웠던 사랑
지금은 어디에서 터널처럼 떨고 있는가?

탄탈로스
— 사랑의 회고록 12

지옥을 알기 위해 여기까지 왔습니다.
당신이라는 혹한의 눈발을 맞으며
한 무리 새 떼를 쫓아 소문처럼 왔습니다.
쇠못 위를 달려온 그리움의 핏자국이
하늘에 서려 웅어리진 툰드라의 별빛 아래
당신은 죽은 자리에서 살아나는 꽃이었고
나는 돌 속에 갇혀 우는 회색 늑대였습니다.
같은 극極을 맞댄 자석처럼
서로를 둥글게 밀어내는 운명의 테두리를
당신은 당신의 발로 걷고
나는 나의 발로 걸으며 한 바퀴 현기증으로
머리를 쾅 부딪히며 다시 만나는
모순의 찬란한 소리, 그 경계의 합방合邦은
아파도 좋고 아프지 않아도 좋을 사랑이어서
새로 용접한 각자의 다른 얼굴로
말이 되지 못한 통곡과 바위가 된 후회를
잘못의 발밑에 뿌리며 신생新生을 결의하려던
우리의 화려한 오판과 울음의 섬광은
시간의 맷돌에 갈려 권태의 가루만 남겼습니다.
하여, 내 입속에 얽힌 변명의 끈으로

지리멸렬을 끌고 온 도덕의 양팔을 묶고
인내의 칼로 무심의 얼굴을 벗겨
겨울의 가장자리에서 떨고 있는 당신에게
양말 한 켤레라도 조석으로 지어 신기려는
나의 허름한 계산과 마지막 헌신의 사랑은
닿을 듯 닿지 않는 과일을 따먹으려
두 손 내뻗는 죄인 탄탈로스의 식욕처럼
불가능의 불가능이라는 사실을 알아냈으므로
첩첩의 눈물과 만만의 별이 박혀 쩌렁쩌렁해진
옥색 빙벽 앞에서, 진심의 자세로
마침표처럼 앉아 나를 단죄하겠습니다.
지옥의 한기가 이렇게 한 뼘씩 뼈에 스며오는데
어떻게 또 사랑의 봄을 말하겠습니까?

두 개의 원
— 사랑의 회고록 13

내 몸속 수십조 개의 세포들이 찬 소름으로 일제히 경련하는 해빙기 아침, 햇살이 오랑캐의 비수처럼 낯설게 창밖을 서성인다. 속속들이 아프고 쑤셨던 나의 꿈과 너의 신열身熱, 그 사이를 오가는 나/너의 아득하고 불길한 인정투쟁의 칼날 위에서, 우리의 사랑은 이해할 수 없는 외부의 암호였고, 책임을 나누는 상처들의 벤다이어그램이었다. 너는 떠나가도 너의 상처는 오롯이 남아 나의 죄로 굳어지는, 이별의 볼록한 교집합과 자기 심장으로 포개지지 않는 두 개의 초승달이 이마 비비며 연민의 바깥을 헤아리는, 나도/너도 아닌 사랑의 오목한 여집합. 그 경계의 속살을 렌즈처럼 집요하게 뒤적이는 어제와 오늘과 내일의 식은 표정들. 사랑이라는 뜨거운 초점으로 나/너의 심장이 뚫려 쓰러졌던 계절과 계절의 응급실에서 하나의 수갑을 차고 누워 있는 두 개의 침묵. 빛과 어둠이 병합되는 산노을처럼, 이제야 알아가는 상처의 후일담.

2부

구름의 방

나의 방은,
구름에 매달려 날아가는
바위의 눈물
바람이 아는 깃털의 발꿈치
아! 뒤죽박죽으로
끓고 있는 여기, 구름의 방

안개

식구들이 지워졌다.
다섯 개의 입이
찌그러진 알루미늄 밥상에
뜨물처럼 흘러내렸다.
다섯 개 코도
열 개의 눈과 귀도
눈썹들도
꿈도
안개가 되어 뭉개지는
변두리의 아침,
햇살 겨우 피어오르는
집 담벼락에
얼굴 더러운 아이들이
빈대처럼 붙어
하루치 피를 빨아먹는다.

집시의 강

새벽, 검은 바위에 앉아
새들의 울음으로 세수를 한다.
앞 강에 빠진 먼 산과
음표처럼 물벽 뚫고 튀어오르는
물고기들의 은빛 꼬리
귀 막고 멀리 들어보는
강 너머 마을 문 여는 소리
태양이 무릎 세우고
잠들었던 길이 기지개를 켜고
흰 개들 달려가는 강어귀에
듬성듬성 서성이는 물비린내
죽은 나무뿌리 훤히 보이는
여강驪江의 밑바닥에
자갈처럼 박혀 웃는 한 사람
취기로 한평생을 살았던
언덕길 노새, 마지막 등짐 부리고
이제 저편 물길로 흘러가는 분
바람도 없는 날인데
옛집 마구간 문에 걸려 있는
녹슨 말방울이

혼자 힘으로 구슬피 울며
만장挽章 따라 함께 간다.
집시처럼,

바로크적으로

당신의 굽은 어깨는 아름다웠습니다.
왼쪽으로 닳아 기운 구두 밑창과
낄낄대며 꼼지락거리는 발가락 양말
삐죽 튀어나온 몇 가닥의 흰 코털과
술 취해 훅훅 내뿜는 비릿한 숨 냄새
오르락내리락하던 어깨의 굳은살이
먼 세월의 서럽고 힘든 이름 같아서
노역勞役으로 찌그러진 흑진주 같아서
내 울음 반에 당신 웃음 반 섞어 울며
당신 없는 하늘 밑을 승냥이처럼
터벅터벅 걸어갑니다. 바로크적으로
무너지는 담벼락 밑을 바퀴처럼 굴러다니면서
못 이룬 꿈의 파편을 내 발밑에 뿌려놓으신
생활의 인력거꾼, 앙상한 헤라클레스여
당신이 밟고 간 뾰족한 유리의 시간들이
삶의 뒤꿈치에 박혀 빛나는 아침
나는 당신이 앓던 꿈의 파상풍입니다.
조각조각 꿰매진 서녘 하늘의 구름을 짊어지고
이제야 혼자만의 바다로 떠나는
당신의 어깨에, 나는 뿔소라처럼 앉아서

많이 후회합니다. 삐뚤어진 잘못을 뽑으며
기우뚱기우뚱 걸어갑니다.
바로크적으로,

능소화

피가 붉다, 저녁놀 지는 먼 산과
어지러운 나의 한쪽 눈은
미련처럼 기대 너를 울지 않으려는
벽의 울음만큼 꽤나 어설프다.
한 시절은 뜨겁고
또 한 시절은 끝내 캄캄해서
긴 목숨줄 다 내려놓고
입 안의 말들을 둘둘 감아
속으로 삼키는 팔구월 능소화처럼
혼자만 쓸쓸했고
혼자서 또 쓸쓸해지는, 나는
익명의 노을빛이다.
환하고 낡은 담벼락에
용서될 수 없는 것들의 이름과
감추고 싶은 비열의 얼굴이
한 바람에 흔들리며 춤을 추는
이 흔하디 흔한 날
지리멸렬로 떨어져 날리는
붉은 눈,
다 울지 못한 옛날의 슬픔과

더는 울 수 없는 내일의 사랑이
오늘의 어깨를 물들이는
막막의 꽃그늘 아래
참담으로 누워 울먹이는 하늘
나는 새도 참 붉다.

그냥

가죽나무를 벤다.
등 뒤에서 또 다른 가죽나무가
차례를 기다리며 운다.
가죽, 가죽거리며
톱날 물고 늘어지는 애원의 입술
왜, 라는 몸부림과 함께
톱질에 쓸려나가는
흰 비명의 속살들, 뭉툭해진 밑동에서
시큰한 잔뿌리까지
억울의 뼛가루 수북수북한데
슬컹슬컹,
발목을 켜는 톱날의 쇳빛 연주
아, 남겨진 목숨은
그냥 부는 바람 같은 거라며
잘려나가는 가죽나무도
앳된 두릅나무도
뒷마당의 늙은 살구나무도
묵직한 나의 얼굴도
알 수 없는 진단을 받은 병자처럼
그냥 다 아픈 거라고

모두가 한 두름의 가죽이라고
위로하고,
다시 위로해 보는 하늘 아래
시큰한 땀 흘리며 홍매화는 피고
꽃그늘은 저리 아득한데
사랑이여,
나는 죄 없는 가죽나무만 베면서
이 계절을 또 살아낸다.
무심한 가죽처럼
그냥,

가볍게

씨앗 속 꽃의 표정이
내일을 결정하라는 오늘의 협박이
결정해야 할 결정의 피로가
결국에는,
한 송이 꽃을 피워냈으므로
피를 쏟아냈으므로
의지意志는 종일토록 후련할 것이다.
죽은 발아發芽처럼,
가질 수도 없고, 버려지지도 않는
나의 얼굴은, 뿌리를 모독하며
꽃으로 도망가는 줄기의 뻔뻔이고
생기지 않으려는 열매의 발버둥이고
가야 할 곳을 벗어나려는
길의 몸부림이다.
하여,
세계가 빈 상자처럼 울 때
바람이여,
나는 살아서 가자!
음악의 협곡으로
고동색 가죽 샌들을 신고

다 핀 꽃들의 웃음처럼

가볍게,

그리움의 여분

내년 봄에는 만날 수 없는 당신입니다.
삶의 아쉬움이란
올해만 뚫어지게 쳐다보고 남겨둬야 할
여분의 열매 같은 것이겠지요.
감나무에 빼곡히 열린 미지의 얼굴처럼
가을날 맥박이 날로 위태로운 건
도둑처럼 붉게 떨어질 이별 때문이겠지요.
당신의 낡고 부은 손등 어루만지며
옛일 생각하는 이 감각의 따뜻한 오고 감도
눈빛과 눈빛으로 수만 번 인사를 나누며
두 입술 글썽이는 애틋함의 밑바닥도
이제는, 다 기울어질 먼 산의 노을입니다.
당신이 들어올린 그 시절의 꽃과
나의 뒤늦은 미소
삶이란 그렇게 앞뒤로 출렁이며
회한의 깊은 강으로 흘러가는 것이겠지요.
더는 흘리지 못할 지상의 눈물 앞에서
"枯木의 뼛사이로
바람이 스미면
영혼이 앓는 소리"*라고 노래하신

가을 같은 당신의 눈빛
네!
이제는, 이제는 다 알겠습니다.

* 권영진의 시 「가을」에서.

어느 하늘로

　시간이 물어뜯은 낡은 벽돌집 처마, 고개 숙인 소년의 발등 위로 쏟아지던 소나기와 바람 묻은 흙내. 빨래 작대기가 받치고 있던 보름달과 취한 아버지가 수탉처럼 앉아 노래하던 감나무 아래 평상. 뒷담 두릅나무 가시처럼 뾰족하게 돋은 엄마의 비명과 검은 운동화 속에 숨어 있던 병아리들의 작은 딸꾹질. 그때 피었던 개나리꽃 노란 부리가 나의 이마를 쪼아댄다. 멀고도 가까운 거기와 여기의 늦은 인사. 에스프레소와 잡담과 담배 연기가 나른하게 섞여 웅성대는 합정동 뒷골목 찻집에서, 다 자란 소년이 나무 의자에 기대앉아 그때의 소년에게 어려운 편지를 쓴다. 쓰라렸던 경련의 집이여, 아직도 목함지뢰처럼 그곳에 묻혀 떨고 있는가? 딸꾹, 세월의 목구멍에 걸린 목련꽃 망울의 울음이 하얗게 뭉쳐진 골목. 낙인 같은 봄이여, 어느 하늘로 기울어야 환한 꽃그늘을 살 수 있을까?

구름의 방

나의 방은,
시가 되지 못한 짐승의 숨소리
여자의 겨드랑이에 묻은 침 냄새
문지방 너머 슬픔에서
머뭇거리는 후회의 아랫목까지
나의 방은,
말과 칼이 서로 심장을 찌르는
책들의 네모난 비명
적막이 적막의 배꼽을 만지는
나의 방은,
왜? 라는 발자국만 남기며
사막을 건너가는
붉은 양탄자 속 단봉낙타의 행렬
노을에서 노을로
그냥 그렇게 저물어가는 하루
나의 방은,
구름에 매달려 날아가는
바위의 눈물
바람이 아는 깃털의 발꿈치
아! 뒤죽박죽으로
끓고 있는 여기, 구름의 방

낡은, 봄

마른 자벌레처럼
마디마디 바삭한 날개만
세월인 양 달고 있는
화살나무 울타리 옆
쓸쓸한 작년의 밭고랑에서
할머니, 덤불 태우신다.

타닥타닥,
뼈마디로 튀는 불티 소리
눈 맵다 비벼보는
하늘 밑 주름진 얼굴
손등 낡아 눈물도
까슬한 날, 굽은 다리 사이

쑥덕거리며 웃는
냉이들의 자잘한 노래가
마냥 서운한
올해의 봄
발등 위로 떨어진
홍매화 꽃잎에

초가삼간 다 내려앉아서

할머니,
이래도 될까요 하며
바람이 분다.

소쩍, 쿵

二月의 빈 논
잘린 벼들의 발목
시름 얽힌
영하의 긴 아침

떨며 가는
바람의 빗장뼈
사이사이
봄의 딸꾹질을 막는
겨울의 주먹

소쩍,
소쩍,

해거름 동풍冬風에
응어리진 살얼음 소리
먼 산 가득 흩어지고
소쩍새들
세월 앞당겨 미리 우는
당신의 무덤가

소쩍, 쿵
소쩍, 쿵

애절도 녹여 내리는
낫날 같은
이월의 목청.

3부

정육과 자본과 통로

아! 목 잘린 돼지와 목 자른 사람들의 절박한 아침과
대수롭지 않은 나의 허약한 하루.
팔고 사는 순간에만
만져지는, 삶/자본의 맥박.

적막 등짝

편의점 간이의자에 앉아 막걸리를 마시는 남자, 킁킁거리며 누린 전봇대를 탐색하는 몰티즈, 말린 오징어 트럭에 싣고 골목을 누비는 장사꾼, 전동 휠체어에 앉아 졸고 있는 할아버지, 음식물쓰레기통 옆에서 울고 있는 검은 고양이, 빨래건조대에 널린 찢어진 청바지, 일렬로 늘어서서 등을 보이는 골목 풍경들…. 금 간 담벼락처럼, 무너져도 아무 소리 나지 않을 것 같고 아파도 아프지 않을 것 같은 삶의 등짝들이 끝물의 목련처럼 울컥거리는 봄날. 행복세탁소 앞 축대에 피어난 개나리꽃들만 노랗게 하루를 웃는다.

아, 뼛속의 적막 등짝!

차가운 기호들

— 익명의 얼굴들 사이로
검은 비가 내렸다고 합니다.
다음 노래는,
The end of the world.

　횡단보도를 건너던 늙은 'ㄱ'이 멈춰 서서 뒤를 돌아본다. 마스크를 쓴, 조금은 더 늙어보이는 'ㅅ'이 도로에 무의미처럼, 낙지처럼, 털썩 주저앉는다. 'ㄱ'이 'ㅅ'을 애타게 손짓한다. 푸른 신호등의 눈알이 깜박인다. 오래 돈 팽이처럼 비틀대며 'ㄱ'이 'ㅅ' 쪽으로 걸어간다. 5, 4, 3, 2, 1, 0. 길의 끝이 닫혔다. 자동차들의 클랙슨 소리가 일렬로 금속성 짜증을 쏘아댄다. 'ㄱ/ㅅ'이 2차로 복판에 해 지는 서해의 섬 마냥 검게 앉아 쭈그러진 얼굴 비비며 서로의 여생을, 못다 채운 괄호 속의 설움을 찔끔거리며 동그랗게 울컥댄다. 'ㄱ/ㅅ'의 양쪽으로, 차창 속 뭉개진 얼굴들이 웅성웅성 스쳐간다. 사월의 햇살이 'ㄱ/ㅅ'의 좁은 등짝 위에 화살처럼 꽂히고, 올해 핀 꽃과 작년에 죽은 꽃이 서로를 껴안고 있는 중앙분리대 화단 위에서 털 빠진 비둘기 두 마리가 'ㅆ'처럼 앉아 저런 풍경을 꾹꾹거린다. 횡단보도 좌우에 'ㅎ, ㅎ, ㅎ…' 몰려 있는 차가운 시니피앙의 대가리들과 미어캣처럼 눈알을 굴리며 풍경을 웅성대는, '?, ?, ?…'의 행렬들. 의지할 데 없는 자음과 쓸쓸하고 긴 모음들이, 의미의 빈 우산을

쓰고 화살표처럼 걸어가는 도시의 아스팔트에 내용 없는
아름다움처럼*, 마침표의 비가 내린다.

*김종삼의 「북치는 소년」에서.

공공씨의 하루

— 무심의 거리에서
누구도 알 수 없는 모두가
각자의 자세로,
하루를 살고/죽는다!

가을은 공공씨空空氏의 궁핍. 노상 카페에 앉아 권태의 주머니를 뒤적이는 공공씨에게, 낙엽은 미美의 한적한 눈동자. 그리하여, 마음이 등받이 없는 의자처럼 멀뚱할 때, 공공씨의 탱탱한 눈은 건너편에 앉아 있는 젊은 여자의 미니스커트 속을 배회한다. 타인의 불편이 되지 않을 만큼, 관음의 부드러운 혀로 공공씨는 그녀의 은밀한 곳에 오래 묵어 버려진 쌍무지개를 핥는다. 고독을 청진하는 표정으로 그녀의 질감을 읽어대는 공공씨의 내면은 만성 무좀처럼 사방으로 자꾸 가려워진다. 긁혀지지 않는 표정과 긁을 수 없는 신음이 공공씨의 목구멍 근처에서 신경질적으로 혀를 주무른다. 아, 천고마비의 가을 허벅지여! 누군가는 웃고, 누군가는 울며 어딘가로 달려가는 익명의 하늘 아래, 멀어졌다가 가까워지고, 가까워져서는 각자의 그곳을 물어뜯는 구름의 치정을 바라보며, 공공씨는 치즈 샌드위치의 엉덩이를 크게 한입 베어문다. 입안 가득 씹히는 욕망의 궁상. 이유 없이 울고 싶고, 미친 듯이 욕을 하고픈 어떤 삿대질이 헛구역질이 된다. 넘치는 권태와 쓰다 남은 비겁이 수북이 쌓인 공공씨의 탁자는 견고가 몰락한 자리에 들어선 허약의 발작이고, 타자들의 골절로 만든 무관심의 사적私的 얼굴이다. 그녀가 떠난 자리에 남은 냄새, 혼자만의 오르가슴과 잿빛 허무. 공공씨에 의한, 공공씨를 위한, 공공씨의 포르노 같은 가을. 죽음 같은 삶이, 삶 같은 죽음이 너도 공공, 나도 공공하면서 두루마리 휴지처럼 거리를 굴러다닌다.

정육과 자본과 통로
— 잡설 1

　붉은 가죽 치마 걸치고 돼지 등을 죽죽 가르는 중년 남자와 김 나는 내장들을 초록 밀대에 싣고 좁은 길을 실뱀처럼 누비는 청년이 바쁘게 인사를 나누는 우시장, 나는 살과 뼈와 힘줄이 발려지는 탁자에 뭉텅뭉텅 널브러진 돼지 비명 한 근을 산다. 두려움을 먹고 두려움에 지쳐 웃는 돼지 머리들과 파란 플라스틱 돈통에 담긴 피 묻은 신사임당 얼굴. 도축업자의 누린 얼굴이 생활의 칼로 발골되는 정육/자본의 비린 통로. 선짓국집 문턱에 걸려서 거북이처럼 버둥대는 술 취한 노인. 알루미늄 쟁반에 순두부 백반을 삼층으로 쌓아 머리에 이고 워워 소리치며 모세처럼 길을 가르는 허리 굵은 아줌마의 거친 손사래와 목청. 흉측해진 부리로 생고기 조각을 주워 먹으려고 꾸르륵 꾸르륵거리는 비둘기들의 신경질. 먹고 사는 일의 급소에 박히는 소란과 법석과 고릿한 냄새들이 어깨를 부딪치며 흘러 다니는 통로/자본의 활기. 삶의 희망으로 절단된 돼지머리들과 일렬로 늘어선 주인들이 나를 보고 웃는다. 무표정의 대가리는 국물이 잘 우러나지 않는다고, 자기처럼 웃어야만 맛있다고 내 팔을 부여잡는 전라도 아줌마의 질긴 사투리, "아자씨, 맛이 디져붕께로 사가꼬 가쇼, 잉?" 디져붕께로…. 아! 목 잘린 돼지와 목 자른 사람들의 절박한 아침과 대수롭지 않은 나의 허약한 하루. 팔고 사는 순간에만 만져지는, 삶/자본의 맥박. 디져붕께로⋯. 빨간 간이의자에 핏기 없는 살코기처럼 앉아 하늘 쳐다보는 나의 눈가에 반값 할인 현수막을 목에 두른 태양이 나부낀다.

르네 마그리트 그림처럼
— 잡설 2

재래시장에 갔다. 순댓국집 알루미늄 쟁반에 놓인 돼지머리가 건너편 족발집 소쿠리에 쌓인 족발들을 보고 웃는다. 정육점 갈고리에 걸린 붉은 몸통들이 트로트 가락에 맞춰 춤을 추고, 해장국집 가마솥 속의 내장들은 뜨겁다고 툴툴거리며 누린 냄새를 토해낸다. 족발은 족발만의 행복으로, 돼지머리는 돼지머리만의 기쁨으로, 내장은 내장들만의 은밀함으로 자신들의 가격을 확인하는 시장의 소란. 서로가 한몸이었을지도 모를 그들이 각자를 부인하며 족발로, 편육으로, 내장탕으로, 순댓국으로 각자의 죽음을 서슴없이 조각내 팔고 있다. 돼지는 없고 족발만 있는, 족발만 있고 몸통은 없는 진열대 앞에서 갑자기 나의 손과 발이 나를 남겨둔 채 딴 데로 도망간다. 놀란 머리는 방앗간으로 들어가고, 길 한가운데 홀로 남은 몸통은 억울하다며 지갑을 뒤적인다. 아줌마, 족발 얼마예요? 수십 개의 족발이 내 몸통에 자석처럼 달라붙는다. 전생에 나의 삶을 살았을지도 모를 족발과 돼지의 삶을 살았을 것만 같은 내 몸통이 스티로폼 상자에 형제처럼 가지런히 담겨 서로의 안부를 두런댄다. 우리는, 발려놓으면 다 똑같은 살덩이들이라고 속삭이는 몸통 없는 머리들이 검은 모자를 쓰고 비처럼 쏟아지는 나른한 주말 오후. 르네 마그리트의 그림처럼, 나는 대수롭지 않게 구름 속을 걸어간다.

디오게네스의 주정
―잡설 3

선부른 광기는 아침마다 변명의 개들과 함께 일어나지. 왜냐고 물으면 곤란해. 어떤 이들에게 질문은 독이 되거든. 물을 의지가 없다면 돌처럼 침묵해야 하지 않겠어? 자네가 읽은 책과 시들이 수천 꾸러미 바늘이 되어 영혼의 막膜을 찔러댄다고 쓸데없이 무게 잡으며 괴로워하지 말게나. 한 근도 안 되는 지식을 쥐포처럼 쭉쭉 찢어버리시게. 산다는 게 뭐 별거 있겠어? 잘 생각해보시게. 삶이 얼마나 어처구니없는지를. 비극 작가 아이스킬로스는 독수리가 떨어뜨린 거북이에 맞아 즉사했다는구먼. 삶이란 진지한 게 아니라 황당한 것이지. 그러니 애매한 신념보다는 투철한 냉소가 낫고, 나약한 확신보다는 강력한 배반이 영양가 있다는 사실을 이제 인정하시게. 다 자네의 행복을 위해 하는 소리야. 까놓고 보면 세상에는 자기 생존밖에 없다네. 이타적 희생? 어렵고 웃기는 말이지. 그런 거 집어치우고 이제부터 변명하는 법이나 배우라고. 세상에서 가장 유연한 게 변명일세. 혀가 부드러워야 이 각진 세상에서 시도 쓰고, 춤도 추고, 미친 짓도 하고, 연애도 하는 게 아니겠어? 그러니 다시 한번 생각해 보시게. 자네 삶의 유통기한과 영혼의 주량을. 사는 게 다 낭창낭창한 변명 아니겠어? 내가 누구냐고? 누구긴 바로 자넬세.

버려진/질 것들

　폐기물 노란 딱지 붙이고 길모퉁이에 서 있는 반쪽짜리 장롱. 다리 부러진 의자와 고개 꺾인 선풍기. 깨진 화분. 한 묶음의 책들과 짜장면 그릇에 남은 단무지. 팔리지 못해 거리를 배회하는 남구로역 잡부들의 퀴퀴한 눈빛. 버려진 것들이 버려질 것들과 모여 믹스커피를 마시고 있는 편의점 입구 테라스. 바람은 알아서 불고, 삶은 부지불식간 무너지고, 꿈은 수시로 발기해 비참의 높이를 확인시키는 불쾌의 알고리즘. 만들어진 피로와 계획된 잉여의 앙상블로 내가, 혹은 당신들이, 쓸모를 잃고 폐기물로 버려질 퀴퀴한 여기는, 자본의 하치장. 버려진 것들의 소름이 눈발 되어 날리는 십이월의 새벽. 곧 버려질 아침이 칼날처럼 벼려진다.

테트라포드

사지 잘린 거인처럼 방파제 주변에 널브러져 엉켜 있는 테트라포드. 멀쩡히 몸만 남은, 혼자 발기하고 사정射精하는 수동의 침묵덩어리. 사랑도 없고 혁명도 없는 회색 바닷가에서 삼 톤의 이념들이 묵묵히 물따귀를 맞는다. 심해의 울분이 수만 개 흰 주먹이 되어 달려들어도 그들의 표정은 신전처럼 확고하다. 입도, 귀도, 눈도, 심장도 다 뭉개버린 무심의 굵은 신앙들. 콘크리트 가랑이 사이로 어지럽게 소멸해가는 파도의 울음과 필연으로 달려와 우연으로 부러지는 사유의 흰 손가락, 핏기 없는 몸의 신음. 테트라포드, 죽음과 무력과 불안의 삼각기둥에 붙어사는 뿔소라들의 냉소. 지리멸렬한 사유의 격전지에서, 나는 수평선에 걸린 집어등처럼 밤의 위태危殆를 춤추며 곧 불어올 미래의 스캔들이 되어간다.

시절 유감

유인물 다발 가슴에 품고 민주주의를 향해 내달렸던 스물한 살 새벽의 어설픈 골목. 지금은 래미안 아파트의 반듯한 얼굴이 한강을 내려다보고 있다. 격세의 얼룩이다. 길고양이보다 마른, 회색빛 얼굴의 노파가 없어진 그때의 골목에서 폐지와 소주병을 유모차에 싣고 있다. 생활의 질긴 역설이다. 타는 목마름이 한 잔의 아메리카노가 되고, 신념이 댓글이 되고, 혁명이 골병이 되고, 철학이 고물이 되어 50톤 계근장으로 실려가는 우리들의 신새벽. 이제는 아무도 아침을 절망하지 않는다. 아들이 아버지를 찔러도, 엄마가 아기를 창밖으로 던져도, 한 가족이 굶어죽어도 다 이유가 있을 거라며 각자만큼의 선량한 이해로 공동체의 진창을 피해 자신만의 행운을 재촉한다. 긍정하고 또 긍정하면 행복해질 수 있다는 주문을 외우며 사는, 자기 계발의 날렵한 시니피앙들. 기억이 말라버린 시대의 입 냄새들. 가래와 천식에 좋다며 아스팔트 바닥에 떨어진 은행 열매를 줍고 있는 강박의 풍경처럼 세상은 건강하고 뚱뚱하게 진보한다. 그러니 단명短命을 피해 혼자만의 장수長壽로 부디 행복하게 정진하시길. 할 말은 빼곡하나 시간이 없어서, 이만 총총.

행복한 무관심의 공화국에서

불행을 꿈꾸는

유감遺憾 올림.

얼룩과 얼룩

자기 이름을 쓰다듬는 남자들의 손길과
언제 한번 만나 사랑이나 해보자는
여자들의 발그스레 살뜬 눈빛이
시소를 타며 서로의 얼룩을 흘낏거리는
세속의 가장자리, 텅 빈 오르가슴처럼
우수수 나뭇잎만 떨어지는 가을의 허공들
누구의 연인도 될 수 없고
연인이 되어도 오해의 발길로 되돌아가는
통속의 깊은 밤, 아무도 모르게
홀로 만지는 저 하늘의 별과
내놓을 수 없어 새까매진 약속의 손때들
세월이 세월을 추궁하는 궁핍의 골목과
내가 찢어버린 당신 얼굴이
맹세처럼 붙어 있는 지하 주점의 까만 벽
쓰다가 만 시를 구기며
내 이름에 묻은 얼룩을 닦아내던 날에
술잔의 건넴 없이도 혼자서 잘 취해 웃던
야속하고 환한 당신의 얼굴과
통속도 고귀도 아닌 나의 사랑은
환멸만 어슬렁거리는 밤의 뒷골목

당신도 틀리고 나도 틀린 세상
얼룩과 얼룩이라는 뒤늦은 확신으로
위선의 외투를 벗고
뛰어가자, 잘못 살아서 외로워진
검은 당나귀들처럼 사랑아, 달려가자!
가을 강 노을이 갈대숲 흔들며
노래하는 언덕을 지나서
나는 쫓아가는 목신牧神처럼
당신은 달아나는 높새바람처럼
얼룩끼리 환해지는 통속한 그곳으로
뿔피리 불며 가자!

천상의 꽃

이름 없는 큰 새들이 자기 얼굴 입에 물고 숲으로 날아간다. 쪽동백나무 검은 실루엣이 능구렁이처럼 울렁이는 산길로, 새 울음 따라 눅진한 꽃향기 밟으며 밤의 안쪽으로 가는 남자.

남루한 겉옷 벗어던지고, 홀로의 바위에 앉아 허기진 자위를 하는 마른 손의 고독, 두 눈에 맺힌 산 아래 붉은 도시가 젖은 숨소리에 흔들린다.

모멸의 거친 숨 몰아쉬며 매일매일의 머리통을 숫자와 우열의 가마솥에 넣고 삶아대야만 했던 생활의 기사식당, 뼈만 남아 사는 남자는 기억할까? 첫사랑을 업고 황소처럼 달리던 숲과 하늘의 구름이 녹색 침대로 내려와 온몸이 바람이었던 날들의 찬란을. 남자의 발과 여자의 등을 적시던 대지의 황홀과 벌판의 아득함을.

이제는 다 떠나 빈터가 된 적막의 숲, 죽은 사랑을 내려놓고 옛날을 우는 혼자의 까만 발밑에, 뒤집힌 매미가 땅바닥 빙빙 돌며 밤새워 자기 삶을 진저리친다.

달은 사라졌고, 새벽 모서리로 불어오는 바람과 작은 새들의 새로운 합창이 안녕, 하며 남자의 등에 박수처럼 쏟아지는 수척한 아침, 천상의 꽃들이 부는 나팔 소리가 여윈 골목의 잠을 힘겹게 깨운다. 살아봐야 할까?

매복 같은 사랑

어린 마가목馬家木이 죽어나간 자리에 연보랏빛 사랑초가 피었네. 씨 뿌린 적도 없는데, 도둑처럼 몰래 토분土盆을 점령한 사랑초들. 의지가 목숨의 모진 끈이라는 걸 이미 알고 있었는지, 원주민의 부재를 기다리며 흙 속을 어슬렁거리다가 저리 불쑥 얼굴 먼저 던져놓았구나. 햇살이 등을 토닥여 앞가슴 아련해지는 봄날, 내가 떠난 잠시의 뒷자리에도 매복 같은 사랑이 저렇게라도 찾아왔으면 좋겠네. 질투의 사지四肢를 구름에 꽂아줄 압핀 같은 매운 사랑이, 생명 하나 제대로 심어낼 수 없는 마음의 식민지에 죽은 심장 푹푹 쑤셔 피 돌게 할 사랑초 제국의 삽날이, 나를 하늘 밖으로 찍어올려 한껏 꽃이나 피우며 살게 했으면, 그랬으면 정말로 좋겠네.

4부

해부되는 정신의 과잉

높이로 추락하는 심연과 눈 감은 침묵의 별들이
고독의 사다리를 오르내리는 세속의 나루터에서,
친절을 버리고 불친절하게, 이해를 버리고 난해하게,
불행의 베개를 베고 자유의 낮잠을 자는,
어떤 높이들. 올라가는 철옹성들.

홍시

　내 왼쪽 어깨에 감나무가 산다. 수십 년 묵어 정교해진 뿌리의 집착이 심장을 움켜쥐며 태양의 꿈을 수혈하는 맹목의 가지 끝에, 눈 맞아 언 홍시 속살이 까치 부리에 짓이겨지는 아침. 새 울음 황홀의 꼭대기에 웅크리고 있는 충혈의 꿈은, 보이지도 않을 몰락의 눈동자. 나의 사랑아, 덧없는 추락의 안쪽을 사는 홍시의 슬픔을 읽어보았는가? 바닥에 떨어져 죽음의 기별을 알려야 할 조종弔鐘을, 매달린 신들의 붉은 뇌를, 이해될 수 없는 시간의 오열과 발목에서 끓어올라 한 점으로 뭉쳐지는 정수리 비명을, 고독의 응집을, 담 밖으로 나간 가지와 담 안에 있는 가지 겨드랑이에 기생하는 한통속 불안의 간지러움을, 움켜쥔 저승의 주먹을. 그리하여 이제야 이해되는 나의 실패는 악착이 빠져나간 영혼처럼 휑하고 또렷한 하늘의 빈터였고, 곧 뭉크러질 열띤 허무의 속살이었고, 뿌리의 흡착과 메워지는 입과 구토의 나날이 밀어올린 욕망의 얼굴이었음을, 태어난 뒤에 생긴 타인들의 혹이었음을, 겨울이 앓는 왼쪽의 천식이었음을. 이제는 모두 다 알아보았으므로, 나는, 무너질 수 없어 혼자 버티고자 애쓰는 미력微力의 담벼락이다. 새 앉은자리 흔들리고, 바람이 머무는 지붕 위에서 이승과 저승의 골목을 혼자 내려다보는, 한 알의 홍시. 허공의 아득한 흉터!

해부되는 정신의 과잉

새벽 허파에 나는 산다. 살아 있으므로 맛봐야 할 시간의 독毒이 복리複利로 증식하는 허공의 집. 밤이 던진 돌멩이들이, 깨진 하늘의 비명이, 바람의 차가운 이빨이 피곤의 두개골을 물어뜯는 불면의 옥상에서, 나는 비둘기들과 함께 꿈의 사체死體를 천천히 쪼아댄다. 덜 깬 잠의 가위로 피 묻은 아침과 비틀어진 창문 모서리에 걸린 생각의 창자를 싹둑싹둑 잘라내며 공간의 비린내를 온몸에 바른다. 하루가 더없이 상쾌한 그대들 앞에서, 냉소의 어금니를 꽉 깨물고 죽은 밤들의 내장을 울컥 게워내는 아침, 우울들이 새끼 독수리처럼 엎드려 운다. 불면의 손가락이 뚫어놓은 생각의 구멍에 돌을 던지는, 어제의 죽은 잠과 아파트 옥상에 떨어진 밤의 눈동자, 옹벽 속 녹슨 철근의 핏발처럼 콘크리트 기둥에 박혀 허둥대는 태양의 어깨, 다시 살아내야 할 아침의 비참悲慘이 일어선다. 나는 없고 타인의 살코기만 걸려 대롱거리는 생활의 푸줏간. 아, 꿈의 토막이 남긴 허기虛飢의 냄새여! 오늘도 나는 내일의 새벽처럼 다시 불행할 것이다. 벽의 질식과 깨진 거울들의 날카로운 자기분열, 설명할 수 없는 설명의 근지러움과 거울을 조각내는 거울의 자해自害가 한 움큼의 피로를 토해내는 네모난 돌무덤 속, 덜 깬 짜증의 입냄새를 풍기며 낯선 얼굴들이 승강기에 실려 때 묻은 작대기처럼 무의미하게 천정을 내려올 때, 어떤 이들은 청정淸淨의 귀를 핥는 혀의 유혹들에 몸서리치며 정신의 이빨을 꽉 깨물고 잠 문은 아침놀의 틈새와 밤의 높이를 피로써 다시 읽어내려/올라가려 한다. 하여, 그들은 불행할 것이다. 씹다 뱉은 몇 개의 문장이 다리를 절룩거리며 정신의 대문을 열고 하얗게 뛰쳐나오는 회귀의 지친 방, 지옥의 들뜬 소식을 받아 적으며 책들의 갈피에서 책들의 무덤까지 잘린 날개와 부러진 발톱과 죽음의 각주脚註를 한입에 물고, 다시 돌아올 사냥개들처럼 그들은 또 불행할 것이며, 부릅뜬 눈알의 충혈과 재떨이에 수북이 쌓여 킥킥대는 냉소의 꽁초로 타자들의 비만을 중언할 것이다. 희망의 클로버를 입에 물고 흰 토끼처럼 깡충대는 자기 긍정의 나루터, 오독誤讀의 깊은 강을 건너온 몇 척 배들과 사상思想의 두 날개를 저으며 난독難讀의 바다를 횡단해온 새 떼들이 자기 부정의 닻을 내리는 밤의 창공. 기억되지 않는 기억의 몸부림으로, 빛을 버리고 어둠 속으로 잠수하는 하늘의 황금두더지들처럼, 이제는 아무도 쳐다보지 않는 북두칠성에 잠의 집을 세우는 꿈의 배관공들. 그들의 앞은 여전히 불행할 것이다. 높이로 추락하는 심연과 눈 감은 침묵의 별들이 고독의 사다리를 오르내리는 세속의 나루터에서, 친절을 버리고 불친절하게, 이해를 버리고 난해하게, 불행의 베개를 베고 자유의 낮잠을 자는, 어떤 높이들. 올라가는 철옹성들.

연구개파열음

1

태초는 끈. 서 있거나 누워 있거나 꼬여 있는, 혹은 닫혔거나 열려 있는, 모든 의지의 자궁은, 한 끈의 두 몸부림. 자르고 잘라도 끝내 잘리지 않는, 질긴 비명과 생명의 매듭. 끈을 만들고 스스로 끈에 묶여버린 신神의 불편한 목 밑에서, 갓 피어난 우리 입술이 한줄기 죄의 예정豫定이라면, 모두의 나는 흉몽의 목줄에 묶여 된 꿈 마려운 개처럼 끙끙대며 대낮의 벌판을 뻘겋게 쏘다녀야만 한다. 끊어지지 않는 질문의 끈을 뱃속 가득 삼키고 에덴의 뒤뜰을 함부로 뒹굴며 소화불량의 신을 되새김질해야만 한다. 묶고, 조이고, 매달고, 내리치는 동사들의 주먹질을 견디기 위해 형용사들이 흘린 땀과 침과 체액과 정액을 몸에 바르고, 한바탕 붉은 울음을 하늘에 쏟아내야 하는, 우리의 혈통은 더러워진 신의 매듭, 끈의 경련.

2

끈은 세계—內—칼. 축축한 모음의 동굴 벽을 찌르는, 반토막의 설도舌刀. 떨어진 종유석처럼, 혼자 절룩거리며 외롭고 깊게 어둠의 입안을 펄떡대는 나의 검은 방랑은, 끈 떨어진 자음의 뒤축, 모음의 식도食道를 가르며 노을 강 위를 떠가는 쪽배의 뒷물결, 또는 배고픈 창자의 힘없는 낙서. 콸콸, 쓴물이나 쏟으며 긴 소름 토해내는 자궁의 비린 절규와 불안의 각진 턱 밑에서, 끈과 칼과 꿈의 야합으로 대지에 내쳐진 우리는, 중력의 고아들. '꿍' 하고 무너지면서, 세상 모든 어머니의 부르튼 입술을 가르고 썰어내는, 불량하게 발기한 자음의 칼.

3

칼은 꿈의 비명. 잠의 옆구리를 가르며 희열의 혈도穴道를 찾아 아주 먼 길을 쫓아온 황홀의 장도長刀, 파열음의 음경陰莖에 맺힌 하얀 떨림과 붉은 울음. 꿈과 똥과 빵의 뜨거운 목구멍을 뒤지며, 죽음의 뒷골목을 검은 비닐처럼 배회하는 나와 너와 우리의 생활은 불안의 피밭, 공포의 비린 속살, 뜨락 늙은 감나무에 얼굴을 매달고 터진 자루처럼 부르르 떨며 웃는 홍시들의 짓무른 눈깔. 아니, 눈의 칼들.

4

비명 끝에 매달린 어머니들이여! 대추 영글어가는 이 토실하고 아름다운 계절에, 종이처럼 찢어진 우리 입술은 당신의 심장을 빨아먹다가 뙤약볕 아래 둘둘 말려 쪼그라진

유구무언의 멍게 껍질들입니다. 당신의 옥문玉門으로 떨어
질 파열의, 죄 맺힌 열매의 목젖들입니다.

Domino

1

한번도 나로 살아보지 못한 또 다른 내가 나라고 믿는 나에게 팔뚝을 잘라 내밀며 너는 누구냐고 묻는다면, 그때 나는 누구의 꿈에 걸린 화두인가? 개나리 줄기 꺾어 땅에 꽂으면 다시 개나리 팔뚝 일어서듯, 나는 나의 수많은 복제複製 속에서 나라고 믿는 나 아닌 나를 나라고 애써 우기며, 누군가의 발밑에서 노란 두드러기처럼 일렬로 돋아 여러 개의 망설임으로 하나의 얼굴을 북북 긁는, 밤.

2

없는 꿈이 있는 꿈만 같아 깨어나지 못하는 마비痲痺의 흰 방바닥, 목숨 같지 않은 목숨이 중앙선을 넘어 나에게 달려오면, 내 안에 살고 있던 수많은 사건이 벼룩처럼 몸 밖으로 뛰쳐나가며 너는 누구냐고 심문하는, 나를 버리고 간 나의 서술어들과 내가 없어도 나를 몰고 가는 명사들의 탈주를 정중히 꾸짖는 피의 현장에서, 나란 내가 버리지 못한 나의 알리바이라는 것을 알기에, 나는 부재不在의 얼굴이고, 그 얼굴에 팔뚝을 잘라 꺾꽂이하는 배신의 가위.

3

내가 나를 토막쳐 나의 몸에 나를 다시 심는, 여기와 저기 사이에 포획틀을 치고 나를 한쪽으로 몰아세우는, 기울어진 시간과 미끄러지는 의미들이 몰락의 한 시절을 저울질하는 세속의 놀이터, 내가 없는 차이와 당신들만 있는 여분의 적대적 공모共謀가 나의 꿈을 협박할 때, 우리 언제 술이라도 한잔하자며, 덧없는 약속으로 생활의 무릎을 꿇리는, 중력의 날들. 나를 잡고 일렬로 쏟아지는 의지들의 각혈, 개나리꽃 속 개나리들의 질식.

4

내가 나라고 믿었던 확신의 울타리에, 너는 체계의 착한 부속部屬이라는, 배부른 계몽의 누런 목소리가 잡초처럼 빼곡히 돋아나는, 자본의, 개 같은 날의, 꿈의 골수를 빨아먹는 보편성의 침대에 눕혀져 비역질을 당하는, 내가 쓰러져도 절대로 쓰러지지 않을 적들과의 동침. 저급한 유물론의, Domino의, 노을의 멍든 사태들. 내가 믿는 나는 없으므로, 나는 영원한 세계의 불신.

꼬리의 모노드라마

꽃이 되고 개가 되고, 사람이 되고 냄새가 되고, 추문이 되고 사람이 되는 지상의 어느 후미진 골목 끝에서, 나를 알고 있는 그와 내가 모르는 그대들에게 건넨 나의 첫인사로 말미암아 우리들의 관계가 낙엽처럼 썩어간다. 더운 입에서 더러운 입으로 옮겨가는 냄새들이, 불지도 않은 모멸의 바람이 유령처럼 스며드는 다른 사람의 퀴퀴한 방에서 내가, 그가, 또다시 모르게 될 사람들이 일렬로 늘어서서 바퀴가 되고, 사자가 되고, 욕이 되고, 마지막의 나는 시든 꽃 떨어진 창가에 나쁜 쉼표처럼 앉아서, 내가 없는 가족사진과 빈 화분과 얼룩진 바닥의 참담을 사랑이라 우기면서, 쓰러져가는 집을 움켜쥐고 장롱 속의 시커먼 비명만 걷어차던 백주의 대낮에, 제 꼬리를 삼킨 놋뱀처럼, 식구들의 목을 친친 감고 떼굴떼굴 굴러서, 나는 장판이 되고, 벽이 되고, 부엌이 되고, 지붕이 되고 결국엔, 아무것도 아닌 빈집이 되어서, 아늑한 목숨의 폐허도 되어서, 죽을 수 없는 죽음과 이미 죽은 죽음을 애도하다가, 문득 전화를 걸고, 밥을 먹고, 잠을 자는 평범과 졸렬의 헤진 입으로 희망의 유서를 쓰는, 다른 사람의 낯선 방에서, 슬퍼서 흐릿해진 그다음 다음의 내가, 목구멍에 낀 뿌연 히스테리의 질주와 느린 불멸의 걸음으로, 다시 가을이 되고, 똥내 나는 은행 열매가 되고, 곰

팡이가 되고, 푸른 발작이 되는 비인칭의 얼굴로, 모순의 질식과 죽음의 평범한 인사와 알 수 없는 적들의 공격을, 새벽의 느닷없는 발기와 끈적한 허무를, 발정 난 미친 고양이처럼, 내가 나의 꼬리를 물고 빙빙 도는, 착란과 의혹과 자만의 현기증으로 정신까지 탈수된, 내 삶의 몸통을 흔드는 꼬리와 꼬리의 불쌍한 모노드라마, 회귀의 하얀 멀미.

마트료시카

1

외롭고 쓸쓸해서, 시들고 조용해서, 멀어지고 자주 멀어져서 입속의 혀처럼 친숙해진 사월의 권태와 세상 곳곳의 찬란한 변덕들. 라일락 향기가 불쑥 밀려와 찌든 생활의 콧속을 야단치고, 경멸의 바람이 지린내 엉긴 절망의 담벼락을 둥글게 문질러서, 이미 버렸던 네 얼굴을 다시 사랑하게 만드는 억지다짐의 봄꽃들, 깊어지고 아득해지다 끝내 돌아선 첫 번째 골목에서의 애틋한 실패를 다시 사는, 나/너의 꿈은 그날그날의 허름한 빈틈, 그곳에서 부는 바람의 죽은 목소리, 받은 눈[目]을 버리고 가출한 두더지의 검은 고백. 누가 나에게, 무엇이 너에게 결정을 요구하는가? 한 몫의 사랑이, 나를 갉아먹는 너의 잔인한 결정이, 결정의 부러진 손목들이 겹겹이 숨어서 우는, 골목 속 골목의 마트료시카.

2

나 아닌 것들로 인해 네 속의 내가 넘어지지 않기를, 나의 끝과 너의 시작이 만나지 않기를, 이유 없는 울음으로 서로의 뼈가 부서지지 않기를, 기도하고 원망하고 자책하다 문득 밥을 먹는, 결정과 생활의 동시다발적 굴욕. 밤이 밤의 얼굴을 찢고, 아침이 아침의 심장을 태우는 세계의 소란 속에서, 저기의 꽃들이 여기의 악착으로 피는데, 미안하고 미안해서 자꾸만 미안해지는, 낡은 표정의 엉거주춤으로, 나의 시는, 심장의 밑바닥까지 까맣게 눌어붙은 미美의 흉터. 허약의 골방에서 창공의 멀고 먼 별빛 정거장까지, 기다려주지 않는 미래의 아름다움이 꿈의 부식을 조롱하는, 피 묻은 어린 새의 서툰 날갯짓 같은, 변절한 모든 사월의 빛깔과 두 번째 골목에서의 텅 빈 울음으로 나는 내가 만든 계획에 갇혀 아파질 예정이다.

3

　바람이 자주 불었고, 더러운 냄새가 몰아치던 그 시절의 전봇대 밑에 또다시 버려져야 할 나의 꿈은, 무덤은, 사랑은, 이미 탄로난 비밀의 헌책처럼 창백하다. 죽음의 문자들이 창槍처럼 숨어 있을 세 번째 골목에서, 잔해 같은 얼굴로 옛날의 잘못을 다시 울고 있을, 골목, 골목, 골목들의 새까만 영원회귀. 마트료시카, 겹겹이 포개져 죽지 않는 왜소의 껍질.

잉여의 주먹질
― 몫에 찔린 여분의 노래

1

나는 당신의 반복, 열매를 잃어버린 꽃. 덜 자란 머리의 자유, 어떤 몫이 남긴 잉여의 찬밥을 받아먹고 비루한 이름에 갇혀 울음 하나 새로 받아낸 두 겹의 우울. 몫과 잉여의 주먹질이 서로의 얼굴을 후려치던 핏줄의 방에서, 저따위로 생겨먹은 미래가 죄 없는 과거의 급소를 걷어찬다. 예절도 없이, 함부로, 멍든 꽃들만 피고 지는 혈육의 밭고랑에 잉여처럼 나뒹구는, 피 묻은 저주의 고구마. 맨드라미의 붉은 소름처럼, 여기저기 흙 묻어 두툴두툴한 땅속 가난의 얼굴. 덩굴처럼 생겨난 이름이 또 다른 이름을 감아내지 못했으므로, 열매의 뿌리는 침묵처럼 길고 음란한데, 뚜렷해지는 뿌리들의 굵은 울음과 가끔만 살아가는 꽃들의 찰나적 울컥으로 배고프게 쬐어보는 사랑의 잔불, 꽃은 뿌리의 주먹질.

2

꽃과 뿌리가 등을 돌리고, 자유와 사랑이 침을 뱉고, 집착의 손목이 열매의 목을 조르고, 시간의 이빨이 생활의 몸을 앙앙 물어뜯는 지하의 집. 혈육의 식은 방바닥 위에서, 아들의 멀미가 아버지를, 복종의 권태가 사랑을, 뜨거운 과잉이 잉여의 뺨을 후려치는 외면外面의 단칸방. 비둘기들이 더러운 부리로 서로의 얼굴을 쪼아 찬 땅바닥에 패대기치는 아침, 흔들리는 살의殺意의 커튼. 몫의 망치와 잉여의 못이 불쾌의 박치기로 심장의 벽을 들이박는, 당신의 때리는 사랑은 명령이 되고 나의 매 맞는 반항은 복종이 되게 만드는, 사랑해서 찌른다는 감동과 사랑 당하기에 박혀야만 한다는 역설의 개 같은 희열, 몫과 잉여의 난투극.

3

이거야만 하는 당신은 어제의 죄가 생략된 오늘의 영원한 주먹질입니다. 멍든 잉여들의 찬란한 몫입니다. 그래서 나는 내일의 새로운 부전자전입니다. 그리울 때만 닮아가는 한때의 못된 설움입니다.

편집중

1

핀 꽃은 피지 못한 꽃의 절규, 식지 않은 밥은 식은밥의 추억, 사랑은 불가능의 벌판, 읽지 않은 책은 읽은 책의 피곤, 모든 해석은 잉크가 엎질러진 밤의 무늬, 산 자는 죽은 자의 여분, 입 돌아간 겨울 모기의 울음과 배고픈 아침 비둘기들의 눈동자, 나를 앞서가는 세계의 질주, 불쾌와 불쾌의 새까만 비역질.

2

버려진 우산이 비를 맞고 있는 후미진 뒷골목, 벌레가 벌레의 시간을 벗어나 또다시 벌레가 되려는 둥근 의지의 감옥, 처참과 처참을 짊어지고 밤으로 가는 나방들의 피 묻은 순례, 날개들의 집단 자살, 허공의 주먹질처럼 타격감이 느껴지지 않는 분노, 죽지 않는 내 안의 적들, 최선을 위한 최선의 변명, 뜨거운 피 반죽.

3

펼쳐진 신경질이 접힌 신경질의 주름을 펴 불안을 재봉질하는 늙은 神의 지하 성당, 믿음의 바늘에 찔려 피 흘리는 흰 눈깔, 목 잘린 꿈이 적의 적들과 동침同寢하는 내 안

의 붉은 유곽, 삶은 더러워 더러워서 보기 힘들다며 나는 또
쉽게 울고, 세상은 아니라고 그건 아니라고 우기며 다시 비
웃는, 묵시록 속의 괴물들, 나는, 한밤을 울며 내리는 망상
의 꽃비.

Nothing의 사거리
— 유랑시편 1

1

황금빛 사원寺院의 문턱을 베고 누운 늙은 개의 얼굴이 왠지 낯설지 않다. 짓물러 털 빠진 붉은 목덜미가 근지러워 잘린 뒷발 들어 긁어보려 하지만, 허공의 허공만 맴돈다. 이마에 패인 몇 개의 굵은 흉터는 고독의 명패인 듯 단호하고, 병든 몸보다 먼저 일어나 낯선 이를 환대하는 꼬리의 춤은 세속의 호객처럼 명랑하다. 너/나의 몸에서 흘러내리는 영혼의 진물. 그것이 부러진 우리 삶의 경위서였다고, 낑낑거리며 함께 그늘 찾아가는 여름의 한복판, 체념과 복종의 표정으로 뒤뚱뒤뚱 걸어가는 나/너의 낡은 뒷모습.

2

어떠한 물음도, 어떠한 대답도 오가지 않는 이국異國의 밤. 허기지고, 눈물겹고, 기댈 곳 없는 안/밖의 조용한 몸부림으로 뒤척이는 음악의 밑바닥. 벗어놓은 내 신발 위에 볼품없이 누워 잠의 턱을 괴고 있는, 오늘보다 더 늙어 제법 현명해 보이는 너의 얼굴과 덜 닫힌 서랍처럼 불안한 나의 눈빛을 키클롭스처럼 내려다보는 붉은 달. 우연의 가벼운 하품들이, 희망의 뿔에 받혀 죽은 분노들이, 필연의 칼질로 잘게 다져진 자유들이 긍정의 작두 위에서 꿈의 꿈을 짊어지고 바쁘게 내리고 사라지는 밤의 터미널.

3

　시간의 테두리를 벗어난 시간의 시간들이 뱀처럼 기어다
니는 좁은 골목, 내일의 큰 배낭을 내려놓고 좌표처럼 앉아
아무것도, 정말 아무것도 아닌 바람이 되어보는 Nothing
의 사거리. 먼 길 돌아 제자리로 다시 돌아온 해진 신발의
불만, 애초부터 길은 없었다며 온 곳 따라 다시 돌아가라고,
해 뜨고 노을 지는 세속 마을로 무늬처럼 스며들라고 나의
등을 후려치는 길, 'Nothing'의 채찍.

거울, 뒷골목
— 유랑시편 2

— 꽉 찬 결핍들,
뜨거운 거울에 비친
생각의 멀미들.

1

재즈바에서 흘러나오는 낡은 노래를 툭툭 걷어차며 허공을 향해 삿대질하는 그녀는, 절름발이에다 외눈이다. 옹이처럼 부은 왼쪽 발목과 원근遠近을 상실한 한쪽 시력으로 야시장의 불빛 속을 두더지처럼 배회하며 전생前生의 소문을 핥고 있는 불만의 뜨거운 혓바닥. 열어도 없고, 닫아도 없는 희망의 문을 지나 성당 붉은 벽 아래 까맣게 누워 있는 병든 돌멩이. 그녀의 짓무른 욕설이 밤의 안쪽으로 늦뱀처럼 기어간다.

2

호주에서 온 그 남자는, 쉼 없이 중얼거리며 털 빠진 수탉처럼 인파 속을 헤집고 다닌다. 혼자 묻고, 혼자 대답하는 그의 바쁜 하루는 거울에 비친 거울처럼 휑하고 또 무료하다. 여기에도 있고 저기에도 있을 작년의 헌 바람처럼, 온 곳도 모르고 갈 곳도 모르는 망연의 넓은 표정으로, 자기만의 소리를 흘리고 다니는 그의 마른 입술은, 헐어버린 침묵의 성곽이다.

3

아버지의 북소리에 맞춰 억지 춤을 추는 고산족 꼬마 아이. 빛바랜 옷이 허리 아래로 자꾸 흘러내린다. 딴짓하며 꼬물대는 아이의 뒤통수를 북채로 후려치는, 구렁이 같은 그 아비의 주름진 눈매는, 십 년은 족히 꿈틀댈 무력無力의 긴 끈이다. 땡그랑! 깡통에 돈 떨어지는 소리에 아비의 북소리도 아이의 춤사위도 모두 흥거워진다. 고달픈 삶의 아이러니들이 밤하늘 은하수처럼 거리에 빼곡하다.

4

보고 싶지 않지만 보이는 것들, 불편의 각도로 눈 밑을 파고드는 악착의 시선들. 자기 것이 아닌 삶을 살아야 하는 이들의 아우성을 피해 게처럼 옆으로 기어가는 나의 걸음은 얼마나 편리한가? 아픈 꽃들의 노래가 숭고하다는, 그런 생각의 멀미로 혹은 짓물러가는 철학의 늙은 잇몸으로 깨물어보고 뒤져보는 바깥의 저 비린 풍경들. 삶의 후미진 뒷골목, 내 시의 급소여!

시간의 집
— 유랑시편 3

— 그것의 직전에서
머뭇거리는
무엇의 긴 표정.

1

내가, 아니 배낭이 나를 깔고 앉은 터미널의 여름밤은 악몽에 시달린 처녀의 겨드랑이처럼 시큼하다. 간이의자 밑에서는 휴식과 결핍이 수상한 악수를 하며 결단의 발목을 비틀어대고, 길모퉁이에서는 떠나야겠다는 어제의 각오들이 내일의 불안이 되어 죽은 오늘처럼 쓰러져 있다. 으스러진 시간의 잔뼈 위로 쏟아지는, 깊고 묵직한 달빛의 무게, 등이 하얗게 휜다.

2

풀어진 신발 끈을 묶으며, 독한 연초를 피운다. 어차피, 내일이란 풀리지 않을 매듭이다. 나를 미루는 나를 끌고 억지로 일어서는 낡은 배낭의 재촉이 시끄럽다. 저 멀리 여행자들의 들뜬 바람이 불어가고, 금발의 처녀들은 노란 살내 풍기며 레몬처럼 떠나간다. 대합실 벽에 걸린 낡은 스피커에 낙서처럼 붙어 있던 도마뱀들이 음향의 거푸집 속으로 바삐 달아나는 밤, 나는 두 눈 퀭한 목적의 시간이 되어 미련의 뒷문을 쉼표처럼 서성인다.

3

막차 떠난 터미널의 적막, 이름 모를 새들이 뜻 모를 부호符號처럼 시간의 허기진 모서리를 까맣게 울어댄다. 어떤 시간이, 멈춰버린 내 심장의 노래를 다시 틀어줄 수 있을까? 갈 길은 머뭇대고, 한참을 돌아서 오래 달아나고 싶은 때늦은 바퀴의 꿈은 무겁다. 고요한 달빛 아래, 나는 빈 수레처럼 덜컹대는 시간의 춤이다.

서해였다

1

자기 목을 그은 태양의 피가 서해에 흥건하다. 그 피 밟고 당신의 노을이 절규한다. 오지 않은 불행처럼, 구름 속 구름이 황홀의 밤을 게워내는 백사장에서 새들은 새들끼리 떠난 자들은 떠난 자들끼리 각자의 울음을 머금고 수평선 너머를 살아내기 위해 혼자의 몸부림으로 저렇게 또 조용히 미쳐간다. 흘러가면서 흘러가는 것의 아픔을 지워가는 물결들처럼 지워진 만큼 멀어지고 멀어진 만큼만 반짝이는 후회의 잔별들. 메울 수 없는 사랑의 멀미와 이해되지 않는 용서의 포옹들. 일렬로 밀려오는 파도의 이빨이 씹어대는 붉은 살점의 춤. 강이 죽은 자리, 서해였다.

2

강이 마르는 곳에서 믿음을 버렸고 바다가 시작되는 곳에서 죽음을 예감했다. 아무도 대신할 수 없는 처참과 누구도 읽어주지 않는 고독. 시간의 벌판에는 불가능의 꽃들이 피어났고, 필연의 열매들은 우연처럼 시들었다. 외로움은 푸르렀고, 병은 깊었다. 가시를 밟은 발바닥처럼 사랑은 후련했다. 알고 있지만 말해질 수 없는 파도의 상처와 말해도 알아들을 수 없는 새들의 비명. 자기만의 방에서 자기만의 방으로 건너가는 복도에서, 외발로 서성이며 우는 알몸의 꿈들. 비를 맞고 떠는, 서해였다.

3

어제와 오늘의 이마가 부딪혀 피 흐르는 창공에 대책 없는 사랑들이 대책 없이 만나 춤을 춘다. 내일의 문이 열리고, 빈방에 누운 잿빛 얼굴이 바깥의 표정으로 오늘의 부재를 쓰다듬는 심연의 그 어디쯤에서 꽃이 버린 열매가 다시 또 꽃들을 게워내는 노을 바닥에, 나의 침묵은 갯바위처럼 날카로웠고, 당신의 고독은 폐선처럼 완강했다.

불의 울음

고목古木이 탄다. 늙은 뼈마디가 통째로 운다. 평생의 직
립을 허무는 뜨거운 해탈. 지상에 묶여 일생을 몸서리치던,
바람의 유혹에 정신만 홀로 미쳐가던 나이테 속 날개의 현
기증. 수백 개 눈을 몸에 붙이고 하늘의 악보를 흔들며 날
갯짓했던 목마름의 긴긴 시간들. 부풀었다가 굳고, 굳었다
가 터지는 목질木質의 음표音標로, 가지마다 눈물의 뼈를,
무릎마다 영혼의 옹이를 새기며 하늘 오르던 수직의 침묵
이, 후드득거리며 무너진다. 절망과 절망을 불의 껍질에 새
기며 날개를 새로 돋우는 고목 속 불새가 저렇게 아래로 운
다. 그 곁에 가만히 앉아 젖은 몸 말리는 풀벌레들과 두 발
을 땅에 딛고 체념의 속살이나 뒤집어 시의 불알이나 데우
는 졸속한 내가, 해탈의 저 어깨 너머를 바라보며 삶이란
기껏해야 불티밖에 안 되는 시간의 가벼운 말썽들이라며,
한 됫박 고목의 사리舍利를 잉걸불로 거두어내는 세속世俗
의 모자란 생각 뒤편으로, 불의 혀가 영혼의 겨드랑이를 핥
는다. 불 속에서 불새가, 고목의 뱃속에서 어린 공작새들이
자기도 모르는 업業의 날갯짓으로 고된 삶의 천막을 찢고
황홀로 날아오르는 밤, 인간의 귀를 물고 하늘로 가는 불길
상엿소리.

5부

영혼의 서랍

그때의 우리는, 각자의 수평선에 걸린 노을의 비명이었고
피에 젖은 파도의 발목이었으므로, 그 후로부터 지금까지의
우리가 외롭고 어두운 영혼의 서랍 안쪽에서,
죽은 새끼 고래처럼, 한번도 살아내지 못했던 사랑의 바다
를 새로이 걷고 울며 밤새워 뒤척여야만 할 것이다.
닫히지 않는 서랍처럼.

멸치 육수

멸치 우린 국물에 대가리 하나 떠 있네. 나의 영혼 또한 저러하리니, 삶이여 죽어도 죽지 못하는 근심으로 홀로 떠 있는 저 한 척 고뇌의 쪽배를 향해 경건히 애도하자. 편두통 같은 푸른 파도를 뚫고 튀어오르던 생명의 은빛 단도短刀들이 한 냄비 육수를 남기고 수채에 처박히는 가혹과 숭고의 부엌에서, 나의 시는 우려지지 않는 죽은 말들의 자맥질이다. 유치幼稚의 비린내도 없는 기억의 가짜 껍질이고, 내장에 낀 망각의 누런 곱이다. 건져지지 않는 잔가시처럼, 생각의 냄비 안을 둥둥 떠다니면서 삶의 겉과 속을 함부로 찌르고 쑤셔대던 관념의 멸치. 노櫓도 없이, 난해의 바다를 배회하며 생활의 닻을 잘라냈던 그때의 자유는 만용의 들숨과 비루의 날숨으로 참담의 쓴 육수만 겨우 우려내는 멸치 똥이었고, 어설픈 공갈恐喝의 국물이었다. 그리하여, 뒤늦은 후회의 칼질로 새 얼굴을 다지며 도마에 썰려진 각진 은유들을 냄비에 넣고 된장국 끓여내는 이 소슬한 겨울 아침에, 불현듯 죽음의 밑바닥을 뚫고 올라오는 삶의 뜨거운 냄새를 맡고 시의 울음이라도 흘려보려는 헛것의 나에게, 오직 바닥만이 견고할 수 있다며 다 우려져 등 터진 쾌지모도들이 인사를 건넨다.

구석진 11월에 서서

11월의 비가 형벌처럼 내린다.
자기를 물들이며 자기로부터 죽어가는
단풍들의 붉은 기침이 창문을 두드리고
물들일 것 없는 나의 빈 고독은
11월의 비를 작살처럼 그냥 맞는다.
찬란한 적敵이 돼보지 못해서
분노만 하던 개구리들과 함께 보낸
늦여름의 더딘 걸음과 마음의 땀띠들
논둑에서, 물속에서, 비겁 속에서
허영의 울음주머니를 부풀리며
자신은 자신의 후계자라고 떼창을 하던
개구리들의 울음이, 11월의 비가 되어
감당할 수 없는 단풍이 되어
온 산 구석구석을 폐병처럼 몰려다니는
늦가을, 비린내 섞인 바람 따라
낙엽의 사체死體들만 쌓여가는
오늘의 후미진 구석에 비석처럼 앉아서
나는 내가 아닌 병病을 앓는다.
멀리 온 길이 얼마 남지 않은 길과
젖은 담배를 나눠 피우고

떨어진 열매가 떨어지지 않은 열매에게
삶과 죽음의 한통속을 전하는
11월의 뒷마당, 땅에 박힌 녹슨 삽처럼
나는 남겨진 벌을 서서 받는다.
내가 나의 적이 되지 못해서
구부러지고 휘어진 삶의 지리멸렬을
사약처럼 벌컥벌컥 들이키며
정체불명의 계절을 까맣게 살아왔던
나와 그대들의 시적 공모共謀로부터
생활의 단두대까지, 11월 비가
내일의 목을 차곡차곡 자르며 내린다.
대답할 수 없는 질문처럼
서늘하게,

수취인불명
— 죽음에게

봄이 죽고 여름이 살아나는 오월. 꽃 진 자리마다 바람이 불고 흰 꽃잎들이 소녀처럼 몰려다니는 희희낙락한 소란의 날에, 어떤 목숨이 노을처럼 벤치에 앉아 여생의 짧은 담배를 피운다. 작년에 보냈던 나의 실없는 안부는 미개봉 편지 속에 빼곡히 갇혀 우는데, 너는 아프지 않을 만큼 다 아파서 구름 따라 태연히 흘러가는구나. 보도블록 틈새를 비집고 피어난 민들레들의 억척스러운 인사가 내일의 심장 움켜쥐고 빛바랜 삶을 심폐소생할 때, 울음도 웃음도 아닌 반쪽의 표정으로 링거를 꽂고 서 있던 거기 그 울컥한 자리. 무심한 비둘기들이 이별을 쪼아대는 환하고 긴 꽃 터널의 양쪽 끝에서 우리는 반달처럼 서로를 지켜봤었지. 죽음은 딴 데 보며 모른 척 중얼대고, 삶은 그 앞에서 구겨진 꿈을 펼쳐 대는 장례식장 뒤편 흡연실. 식은 봄을 빨고 내뿜는 입들의 뜨거운 불안이 자욱하다. 죽음보다 삶이 백 배는 더 힘들다며 서로의 안부를 다독이는 살아 있는 자들의 서늘한 어깨 너머, 낡은 우표의 뭉개진 이빨처럼 줄장미꽃 물어뜯으며 담벼락을 기어오르는 담쟁이덩굴. 알고 있는 죽음들의 도래, 시간의 도마뱀이 생의 꼬리를 자르며 저쪽에서 이쪽으로 날려보내는 꽃잎의 사연, 수취인불명의 애도 계고장. 여름이 죽으면 곧 가을이 온다고, 덩달아 낙엽도 진다며…,

삶의 울타리 밖으로 도망가는 너.

베드로의 독백

나는, 검은 석탄! 전신 태워 영혼을 데우는 붉은 자학. 내장 가득 켜켜이 매장된 돌 속의 불. 검고 단단하고 고요해서, 속을 들여다볼 수 없는 침묵. 혹은, 칼로 막 도려낸 고독의 염통. 이제 춥고 쓸쓸한 기도의 방에서 냉소의 레시피로 심장을 요리하자. 싱싱한 건 풍미가 없지. 불평으로 단단해진 병든 간이 좋아. 소금 뿌리고 참기름 발라 당신 앞에 내놓을 한 접시의 배반이니까. 그래서 우리는 막 병들어도 괜찮아. 삶의 쓰라림을 모르는 안락의 사도들이여, 나는 등 뒤에 숨겨둔 송곳으로 위선의 골짜기에 매달린 도덕의 옆구리를 찌를 테니 그대들은 그대들의 말랑한 혀로 신神의 견고한 약속이나 핥으시게. 가시 없는 가시나무의 가시처럼 애처로이 비나 맞으며 떨고 있는 내 안의 죽은 망설임을, 은총 묻은 이빨로 힘껏 물어뜯어주시라. 허약은 질기고 늦게 아는 진실은 더 질겨져서 나의 자유는 늘 타다가 꺼지는 젖은 불꽃이니까 지금은 어두워도 괜찮아. 그래서 내가 종일토록 서러워지는 늦가을 밤, 창문에 날리는 은행잎이 목숨의 무력을 노랗게 물들일 때, 나는 살아남기 위해 베드로처럼 세 번만 울어야겠다. 불을 삼킨 석탄의 검은 우울을 목구멍에 담고, 주여! 주여! 주여! 나는 당신이 계획한 치밀한 오류입니다.

영혼의 서랍

아득히 먼 어느 날의 바닷가, 버려진 폐선 갑판에 앉아 내가 끌어안을 수 없는 물새 울음과 지는 해의 등을 바라보며 나지막한 소리로 노래 부른다. 낡은 파도처럼, 그때의 슬픔은 아직 끝나지 않아서 오늘도 낯익은 미련의 손가락들이 내 영혼의 안쪽에서, 아무것도 이루지 못한 생활의 바깥쪽으로 실뱀처럼 밀려온다. 등 뒤의 간지럼으로 빼곡하게 돋아난 일그러진 관념들의 어깻죽지만 긁어대던, 병病들어 부러진 청춘의 손톱이여. 그때의 나는 죽고 지금의 나만 겨우 살아남아서, 풍파風波의 갑판에 집어등처럼 매달려 당신의 날카로운 신경질을 그리워한다. 담벼락에 기대 무참히 소나기나 맞던 키 큰 접시꽃의 미련한 얼굴처럼, 사랑의 모든 실패를 다 적시며 바다로 떠내려온 형이상학의 긴긴 장롱. 네모난 생각으로 차곡차곡 개어진 겹겹의 내가, 찢어진 헌옷 같은 옛날을 보면서 방금 눈이 먼 장님처럼, 이제 막 생겨난 어둠을 서툴게 거닐면서 담배 연기에 가려졌던 그 바닷가의 허물을 죄의 지팡이로 다시 더듬거려본다. 그때의 우리는, 각자의 수평선에 걸린 노을의 비명이었고 피에 젖은 파도의 발목이었으므로, 그 후로부터 지금까지의 우리가 외롭고 어두운 영혼의 서랍 안쪽에서, 죽은 새끼 고래처럼, 한번도 살아내지 못했던 사랑의 바다를 새로이 걷고 울며 밤새워 뒤척여야만 할 것이다. 닫히지 않는 서랍처럼.

잃어버린 신화

돌짝밭에 발목이 껴 휘청대는
늙은 말의 붉은 비명을 끌어안고
티베트의 산들이 한나절 바람으로
우는, 겨울 협곡의 안쪽
혼자 부러지는 뼈가 거기 있다.
땡그랑, 땡그랑 땡땡
쏟아지는 쇠방울 소리에 놀라
잔돌까지 다 굴러내리는
막다른 울음의 긴긴 비탈길에
마부는 없는데, 말은 살아 있다.
산정의 바위들과
얼음 밟고 핀 설연화들이
누운 말의 머리에 면류관 씌우는
그곳에, 커다란 몸이
반나절의 핏빛 노을로 뒤척인다.
쓰러져 웅크린 순한 눈과
부르르 떠는 지상의 마지막 허벅지가
초승달 모서리에 걸려
능선을 오르내리는 생명의 초저녁
푸르릉, 푸르릉

휘파람새가 이 세계의 끝을 운다.
죽음의 높이를 넘어서서
다른 곳의 깊이와 황홀의 주름으로
말의 꿈을 쓰다듬는 손길
마부는 없는데,
말을 만지는 바람은 살아 있다.
신화처럼,

북극의 밤

중력을 향해 내리꽂히려는 고드름
몰락하려는 의지와 의지의 칼끝이
동공瞳孔을 조준하는 시간
비린 곳에서 더 비린 곳으로 별이 진다.
그리운 사람들은 이미 죽었고
땅속 천둥의 손이 밤의 목을 조른다.
하늘을 찢으며 춤추는 오로라와
뒤척이며 날아가는 정신의 푸른 광기
오래 전 내린 폭설이 전나무 가지 근육을
우두둑우두둑 찢는 툰드라의 숲에서
얼어붙은 무릎뼈를 핥는 회색 늑대들과
추울수록 빛나는 에스키모들이
쫓고 쫓기며 서로의 심장을 키워가는
11월, 북극의 황홀과 고독의 냉기.
밤은 저물고, 은빛 새가 꿈의 틈을 쪼아
악몽을 발라내는 시베리아의 아침
동정과 연민, 의욕과 비겁의 발걸음이
다른 나라에서 불어온 바람처럼
아주 잠시 지붕에 머물다 사라지는
영혼의 오두막, 덜 깬 얼음의 잠처럼

세계가 버린 참혹의 뼈들이
근심의 창가를 서성이며 눈 비빈다.
피가 다 빠져 창백해진 숲을 횡단하는
순록 떼와 그 뒤를 쫓는 흰 개들과
개를 따라 눈발 속을 달려가는
설인의 청청한 눈동자와 뜨거운 숨결
멀지 않은 곳에서 더 먼 곳으로
사라지는 밤의 얼룩,
북극 갈매기가 할퀸 백야의 태양이
정신의 국경을 넘어간다.

고드름
—칼1

책을 읽다가
내리는 첫눈을 만지다가
동그란 상념이
담뱃불처럼 타들어가
재만 남기는 밤에

죽은 이름들을 써보다가
뼈에 스미는
무반주 첼로의 선율을 덮고
쪽잠을 자다가

심해의 물고기들이
지붕에 매달려 불안의 비늘을
뒤척이는 이 새벽에
불현듯,
눈 뜬 바람처럼 일어나서

밀린 설거지를 하다가
빈 밥그릇처럼 그때를 울다가

아무것도 남은 게 없는
추억의 골방에
오래된 흑백사진처럼 앉아서

이제는,
더 나빠질 게 없어서
가끔만
아주 가끔만 내 눈을 찌르는
고독의 칼.

울음을 쥐고 태어난
— 칼 2

　울음 쥐고 태어난 그날의 두 주먹을 나는 기억하지 못한
다. 쥔 것을 펴보이는 세속의 이치도 모른 채 날감자처럼
이 세상으로 굴러 나와서 삶은 자주 아리고 씁쓸한데, 펴지
못한 그때의 두 주먹이 아직도 나를 운다. 올해 운 것보다
더 많이 울어야 할 끝물 목련처럼, 새하얗게 목만 메는 건
손 안에 쥔 어떤 억울 때문이라는 것을 이제는 안다. 아, 펴
지지 않는 주먹 속의 주먹질이여. 양파를 썰다 손가락 베인
늦은 아침, 붉게 물든 도마 위로 형용사처럼 울컥 쏟아지는
아픈 질문의 입에 대일밴드를 붙이며 어떤 주먹을 생각한
다. 시를 죽이는 시를 쓰고, 꽃을 속이는 꽃을 피웠던 잘못
의 시작은 내 주먹 속의 당신 주먹이었다는 것을, 묵직한 통
증과 희열과 신경질과 쓸쓸함이 뒤섞인 된장찌개를 끓이며
떠올려본다. 울음을 쥐고 태어난 그때의 상처와 깊고 아늑
한 심연의 얼굴이 함께 끓고 있는 여기의 냄새. 가난한 꿈
과 거친 욕망과 비루한 울음을 함께 섞어 내 손에 운명으로
남겨주신 당신, 내 울음의 깊은 연못.

미꾸라지
— 칼 3

연꽃 진 물웅덩이에 첫서리 내렸다. 마른 줄기 끝에 어제
의 목이 덜 부러져 바람에 대롱거리는 갈색 해골들. 곧 떨
어질 저 아래 세상의 어둠을 굽어보는 찰나의 빈 눈동자.
다 타버린 태양의 껍질을 주워먹은 미꾸라지들이 뜨거워진
몸을 나사처럼 비비 꼬며 진흙 안으로 들어가 구멍 뚫린 연
근의 꿈을 꾼다. 큰 새들 다 날아가고, 눈 내리려는 외진 세
상의 적막, 별빛만 간신히 사는 연밭에서 칼잠을 자는 미꾸
라지 등짝에 내년 씨앗들이 잔불처럼 앉아 밤의 허벅지를
깨문다. 모두가 하루 이틀씩 아프다며 살얼음 핀 무릎 속을
뒤척이는데, 살고 죽는 물 위 아래 틈에서 쏟아지는 깨알 같
은 웃음소리와 겨울 뒤꿈치를 쓱쓱 긋는 칼바람. 심연의 유
배지에서 풀려나 꿈틀대는 봄의 몸살, 흙 묻은 정신의 모가
지여!

끝의 열매

찬밥에 물 말아먹다 문득 보았습니다.
반쯤 부러진 모과나무 곁가지에
불안처럼 매달려서 아직은 살아 있다고
노랗게 소리치는 모과들의 비명을
내려놓지 않으려는 손목과
떨어지지 않으려는 주먹들이
바람의 멱살을 잡고 실랑이하는 소란을
찬밥 삼키며 나는 다 지켜봤습니다.
건들바람 불어 가지 끝 눈망울들이
기도처럼 애절해 보이는 날
성한 가지에 사는 모과들을 위해
상한 가지를 버려야 한다는 걸 알기에
모과나무의 속살은 모질어집니다.
오늘을 견디면 내일은 괜찮을 거라며
더 살아보려는 작은 생명들의 울음을
땅에 내려놓으려는 모과나무 결심 위로
시간의 낫을 휘두르는 초승달과
철모르는 작은 새들이 우르르 몰려와
곧 떨어질 얼굴들을 할퀴고 쪼아댑니다.
살아남은 위쪽과 버림받은 아래쪽이

내가 흘린 밥알처럼
방바닥에 널브러져 짓뭉개지는 날
애착의 입을 다물게 하시고
무심히 생사의 길을 나누는 신의 손
이쪽 창문 두드려 저편 하늘 보여주는
구원救援의 잔혹극
아마도 그럴 것만 같아 자주 서글퍼지는
이 가을의 저 풍경과 나는
내일에도 있을 태연한 예감이겠지요.
한목숨 너머 바람에 쓸려
지천으로 깔릴 미지未知의 몫
아, 끝의 열매들이여.

다시, 구름의 방으로 들어가다

우대식/ 시인

신종호 시인의 시집『해부되는 정신의 과잉』을 받고 처음 느낀 인상은 제목에서 풍기는 어떤 난해함이었다. 그렇지 않겠지만 말 그대로 따라가면 정신은 과잉되어 있고 과잉된 정신은 해부된다는 의미일 터이다. 그러나 가만히 생각해보니 과잉된 정신을 해부하는 것이야말로 시의 한 축이라 해도 그럴듯하다는 데에 이른다. 이전 시집의 제목은 『모든 환대와 어떤 환멸』이었다. 절대적 환대의 불가능성을 주장한 데리다를 연상시키는 시 제목에 그의 문학적 고뇌를 역력히 새겨넣은 바 있다. 예술이 표상 혹은 재현으로서의 세계와 단절했을 때 필연적으로 어둠, 무의식, 죽음 등에 시선을 돌릴 수밖에 없다.

신종호 시인의 시는 그 운명을 기꺼이 감수하겠다는 시종일관의 태도를 보여준다. 살아온 내력으로 회한, 옛날, 귀로를 말하는 경우에도 보편적 감성으로서의 그것이 아니라 생경한 어떤 측면이 늘 배치되어 있다. 범박하게 이야기하면 기표와 기의의 세계에서 누락된 존재에 대한 탐구는 그의 시를 어렵게 만든다. 그는 이미 합의된 기호로서 아름다움에는 별다른 관심이 없다. 그의 시에 끝없이 나타나는 그와 그녀, 나와 당신의 복잡한 수식적 관계는 기호의 혼돈에서 비롯된 것이다. 정확히 말하면 기표와 기의의 합의에 포획되지 않은 존재에 대한 탐구의 형식이 그에게는 '시'라는 말이다.

그와 나의 청춘에 대해 간단하게나마 말해야겠다. 어쩌면 그 시절의 이야기는 그와 나에게는 영혼이라 부를 만한 문학적 근거이며 상처의 기원이 되는 탓이다. 대학교 일년 선후배 사이로 만난 우리는 술집을 전전하는 황폐한 청춘으로 시를 읽고 시를 썼다. 5·18의 거대한 기운이 압도한 대학은 늘 시위현장이었으며 우리는 죄의식에 몸을 떨었다.

그는 학생운동의 중심으로 들어갔으며 나는 학교 후문에 포장마차를 열었다. '쩌그노트'라 이름붙인 포장마차는 불우한 청춘들의 거처로 연일 만원사례였으며 술을 팔고 함께 마시는 것으로 업을 삼을 때 그는 아주 가끔 포장마차에 들렀다. 핏발이 선 눈으로 혼자 혹은 그의 동지들과 긴 모직 코트 자락을 날리며 포장마차에 들어설 때 그에게는 어떤 이방의 냄새가 피어났다. 긴 의자에 앉아 서로 꾀죄죄한 농담을 주고받을 무렵 그는 수배 중이었으며 현실적인 학교생활은 엉망이 된 상태였다. 우중충한 포장마차에 앉아 그가 부르던 노래는 절망과 슬픔 그리고 저주를 고스란히 담고 있었다. 몇 달씩 그를 볼 수 없을 즈음에 장사는 파했으며 나는 군대에 갔다. 제대 후 만난 그는 이미 형기를 마치고 얼마 후 대학원에 진학하여 여전히 시를 쓰고 있었다.

결과론적이지만, 인상적인 것은 그가 쓴 학위논문이 시인 임화라는 사실이었다. 초현실주의에서 시작하여 극한의 혁명적 서정으로 옮겨간 임화와 서정으로 시작하여 혼돈의 기호로 옮겨간 신종호 시인의 시 사이에 어떤 연관이 있을까 하는 궁금증은 최근까지도 해소되지 않는 부분이다. 그러나 어떤 접점이 있을 것이라는 생각은 지금도 하고 있는 중이다. 그의 시가 가진 관념적 성격은 현실 혹은 현실적 이데올로기를 통과한 지점에서 비롯된다는 사실은 그의 시를 이해하는 데 매우 중요한 지점이라 할 수 있다.

이 시집 1부는 "사랑의 회고록"이라는 부제의 연작이다. 어쩌면 사랑 그리고 회고록 둘 다 낡은 인상의 단어들이다. 그러나 이 시어들이 품은 일상의 정념을 그리는 것이 이 연작의 목표가 아님은 어렵지 않게 읽을 수 있다.

그에게 던진 칼이 별이 되어 반짝입니다. 당신은, 그의 긴긴 죄들이 아름다워야만 한다며 피 묻은 칼을 뽑아 밤의 창공에 증거처럼 꽂아두셨지요. 고독의 망치가 그≠그녀의 뇌를 두들기고, 생각의 면도칼이 그≠그녀의 얼굴을 북북 긋고, 후회의 바늘이 그≠그녀의 등을 촘촘히 찌르는 좁다란 불면의 복도에서, 그≠그녀는 비루한 육체의 난간들을 철거하며 서로에게 불가능이 되었지요. 설명될 수 없는 그의 검은 인격과 묘사될 수 없는 그녀의 붉은 감각이 철제침대 위에서 삐걱거리며 잠깐의 절정으로 그≠그녀의 뜨거운 윤곽을 쏟아낼 때, 그는 숫돌처럼 누워 그녀 안에 숨은 애인들의 녹슨 얼굴을 서걱서걱 갈아대었습니다. 그≠그녀의 것이 아닌 몸과 타자들의 신음이 방바닥에 흥건히 고여 있는, 의심과 초조와 질투의 큰 개들이 그≠그녀의 심장을 물어뜯는, 사랑이라는 이름의 뜨거운 과잉 속에서 그≠그녀는 피할 수 없는 서로의 함정이 되었습니다. 그녀에게 던진 그의 비난이 재봉틀에 드르륵드르륵 꿰매져 수놓아지는 아침, 꽃 모양 스티커로 봉합한 유리처럼 그≠그녀의 상처가 연분홍 커튼에 위태롭게 아른댑니다. 아무도 사랑할 수 없는 사랑의 실패로 사랑의 전부를 또다시 사랑해야만 하는, 시시포스의 등짝 같은 반복에 매달린 그≠그녀의 힘든 사랑들. 겨울나무에 앉은 달이 바람에 마모되어 별이 되어가는 잔인의 터널을 지나서, 한두 개의 칼과 죄를 숨겨둔 사랑의 밤은 설국雪國보다 아름다웠다고, 그≠그녀의 당신이 새로이 증언할 것입니다.

—「삼인칭의 밤들」전문

들뢰즈는 주체를 구성하는 대상은 타자이며 더욱이 타자를 통해 발생한 주체는 하나의 익명에 지나지 않는 '이름'일 뿐이며 실제 차원에서 주체는 부재한다고 말한다. 대상과의 관계를 통해 주체를 파악하려는 구조주의와는 전혀 다른 태도를 보여준다. 이 시에서 " 그≠그녀"라는 인물의 설정은 주체의 부재를 극명하게 보여준다. 이 시 제목은 시적 주체와 대상이 모두 무화된 지점에 삼인칭 "당신"이 존재한다. 그가 아닌 그녀와 그녀가 아닌 그 사이에 사랑의 형식은 가학의 형태로 나타난다. 그가 아닌 그녀와 그녀가 아닌 그는 고독의 망치로 두드림을 당고 생각의 면도칼에 그어지고 결국 "그≠그녀는 비루한 육체의 난간들을 철거하며 서로에게 불가능이 되"는 존재이다. "설명될 수 없는 그의 검은 인격과 묘사될 수 없는 그녀의 붉은 감각이 철제침대 위에서 삐걱거리며 잠깐의 절정으로 그≠그녀의 뜨거운 윤곽을 쏟아"내는 것이 사랑의 회고라는 점은 일상적 개념의 사랑을 통렬히 부정한다.

더욱이 "그≠그녀의 것이 아닌 몸과 타자들의 신음이 방바닥에 흥건히 고여 있"다는 진술은 "그≠그녀"의 성적 행위를 포함한 사랑이 타자의 욕망이라는 것을 보여준다. 그것은 "사랑이라는 이름의 뜨거운 과잉"일 뿐 어떠한 숭고도 없다는 것을 뜻한다. 사랑의 실패는 늘 반복된다는 힘겨운 사랑에 대한 이해가 사랑의 회고록이 되는 셈이다. "사랑의 밤은 설국雪國보다 아름다웠다고" 고백하는 당신은 말 그대로 그도 아니고 그녀도 아닌 삼인칭이며 이 삼인칭의 대상 역시도 어느 시간이 지나면 그 또는 그녀 속의 일부가 될 터이다. 결국 우리가 생각하는 그런 사랑은 세계에 없는 것이다. 시시포스의 운명처럼 타자의 욕망이 그 또는 그녀의 욕망임을 알면서도 되풀이해야 하는 것이 지금 여기에 우리의 사랑법인 셈이다.

"그≠그녀"의 이러한 관계성은 "나/너"의 형식으로 드러나기도 한다. "나/너의 숨겨진 과녁에 중심은 없었다"(「마른 씨앗의 날들」)는 고백적 진술을 나 또는 너 혹은 나 그리고 너 등 어떤 형식으로 읽어도 여전히 사랑의 주체는 부재하며 시적 화자의 진술대로 중심은 없는 것이다. 시적 화자에게 사랑의 현장은 "그 환장의 그림자를 혼자 밟고 집으로 돌아가는 헛헛한 골목"(「붉은 몸살」)이며 그것은 끝없이 되풀이되는 사랑의 과정인 셈이다. "모든 길의 발목을 휘감는 늪 속으로 사랑이 회전초回傳草처럼 굴러간다"(「모래 울음」)는 시적 진술은 이를 극명하게 보여준다. 뿌리에서 분리되어 사막을 굴러다니는 유목식물로서 "회전초回傳草"는 시적 화자에게는 더할 나위 없는 사랑의 상징이 되는 셈이다.

사랑의 부재는 사랑이라는 관념 혹은 행위에 대해 비극적 포즈를 보여주기도 한다. "떠나간 사랑이 다시 돌아왔지만, 청춘은 이미 시들었"고 "돌아와 또다시 지겨워진 사랑이 해골처럼 웃다가 죽은 미래를 밥상에 뭉텅 쏟아내고 떠"(「한파주의보」)날 뿐이다. 연민조차 조롱하는 사랑의 회고록이 갖는 비극성은 구조된 사랑의 감정을 거부하는 시적 화자가 마주한 세계의 진실인 것이다. "우리의 사랑은 이해할 수 없는 외부의 암호"(「두 개의 원」)라는 진술이야말로 시적 화자가 생각하는 사랑의 실체를 극명하게 보여준다. 시적 화자에게 사랑이란 사랑이라는 표상의 외부라는 것이다. 표상에 의해 가려진 어떤 것 즉 들뢰즈가 말한 감각할 수 있지만 감각밖에 할 수 없는 그러나 강밀하게 밀려들어오는 실체가 사랑인 셈이다. 표상 너머의 사랑에 대한 탐구가 사랑의 회고록이라 할 수 있다.

사랑에 대한 회고와 함께 시집 한쪽에 아버지와 가족사가 문면에 배어 있다. 여기서 배어 있다는 것은 구체적인 형상으로서 아버지와 가족이 아니라 비유물로서 그려지고 있다는 의미이다.

새벽, 검은 바위에 앉아
새들의 울음으로 세수를 한다.
앞 강에 빠진 먼 산과
음표처럼 물벽 뚫고 튀어오르는
물고기들의 은빛 꼬리
귀 막고 멀리 들어보는
강 너머 마을 문 여는 소리
태양이 무릎 세우고
잠들었던 길이 기지개를 켜고
흰 개들 달려가는 강어귀에
듬성듬성 서성이는 물비린내
죽은 나무뿌리 훤히 보이는
여강驪江의 밑바닥에
자갈처럼 박혀 웃는 한 사람
취기로 한평생을 살았던
언덕길 노새, 마지막 등짐 부리고
이제 저편 물길로 흘러가는 분
바람도 없는 날인데
옛집 마구간 문에 걸려 있는
녹슨 말방울이

혼자 힘으로 구슬피 울며

만장挽章 따라 함께 간다.

집시처럼,

—「집시의 강」 전문

　시적 화자는 새벽강에 앉아 새소리를 들으며 강에 비친 산과 간혹 뛰어오르는 은빛 물고기를 바라본다. 이 시간은 예민한 감각의 촉수로 세계를 감지하며 주변의 사물들에 접혀진 주름을 홀로 펼쳐보는 시간인 셈이다. "귀 막고 멀리 들어보는/ 강 너머 마을 문 여는 소리"라는 역설은 시적 정황이 현실에 근거한 것이 아니라 상상의 소산임을 보여준다. 어둠에서 자명한 일상으로 복귀하려는 시간의 경계에서 만나는 강 건너 마을 어느 집에서 대문을 여는 소리는 시적 화자의 의식을 특별한 회상을 몰아간다.

　"여강驪江의 밑바닥에/ 자갈처럼 박혀 웃는 한 사람"에 대한 회상을 촉발하는 것이 "대문을 여는 소리"라 할 수 있다. 회상의 배경이 "죽은 나무뿌리 휜히 보이는" 강이라는 점에서 "웃는 한 사람"은 이미 피안의 존재라는 것을 알 수 있다. "취기로 한평생을 살았"으며 노새처럼 등짐을 지고 왔다는 것은 고단한 삶의 역정을 지나왔다는 뜻일 터이다. "이제 저편 물길로 흘러가는 분"이라는 시구와 여강이라는 배경은 구체적인 언급은 없지만 시적 대상이 아버지라는 것을 어렵지 않게 파악할 수 있게 해준다. 만장을 따라 구슬피 울며 혼자 따라가는 "옛집 마구간 문에 걸려 있는/ 녹슨 말방울"은 시적 화자의 비유물이다. "집시"라는 표현은 아버지나 시적 화자의 삶이 끝내 어느 한 곳에 정착하지 못하고 떠돌았다는 것을 암시하며 거기서 빚어지는 운명적인 비애의 표정을 만나게 되는 것이다.

다른 시에서 아버지는 "생활의 인력거꾼, 앙상한 헤라클레스"(「바로크적으로」)로 표현되어 있다. 앙상한 헤라클레스라는 표현은 아버지가 살아온 삶의 양식을 역설적으로 보여준다. 엄청난 힘을 지니고 있지만 그렇지 못한 존재로서 아버지가 그려지고 있다. "삐뚤어진 잘못을 뽑으며/ 기우뚱기우뚱 걸어갑니다./ 바로크적으로"(「바로크적으로」)에서 눈에 띄는 것은 "기우뚱기우뚱"이라는 의태어이다. 이 시어에 대해 그 형상을 바로크적이라고 명명하는 데서 어떤 불안정성을 느끼게 되는 것이다. 이 불안정성은 가족을 표현할 때 더욱 극단적이다.

식구들이 지워졌다.
다섯 개의 입이
찌그러진 알루미늄 밥상에
뜨물처럼 흘러내렸다.
다섯 개 코도
열 개의 눈과 귀도
눈썹들도
꿈도
안개가 되어 뭉개지는
변두리의 아침,

햇살 겨우 피어오르는

집 담벼락에

얼굴 더러운 아이들이

빈대처럼 붙어

하루치 피를 빨아먹는다.

―「안개」 전문

    강으로 바다로 흘러가는 아버지의 형상과 달리 식구들은 지워진 존재로 그려진다. "다섯 개의 입"과 "다섯 개의 코", "열 개의 눈"과 같이 사물화된 형상으로 그려지는 가족은 "안개" 속으로 "뭉개지는" 존재라는 점에서 비극의 정점으로 우리를 인도한다. 가족사를 그릴 때 따뜻함의 상징으로 그려지기 일쑤인 "밥상"은 가난의 얼굴을 비추는 금이 간 거울처럼 누추한 사물로 형상화된다. "빈대처럼 붙어/ 하루치 피를 빨아먹는" "얼굴 더러운 아이"는 어린 날 자신의 자화상인 셈이다. 앞의 시에서 시적 화자가 명명한 바로크적이라는 말은 자유분방을 가장한 누추함과 혼란스러움 혹은 불안정성을 뜻하는 말이며 이는 가족사에 극명히 드러나 있는 것이다.

    이 시집의 한 특징은 기호에 관한 관심과 탐구가 지속적으로 나타난다는 점이다. 구조주의적 관점 특별히 롤랑 바르트의 기호론의 입장에서 보면 언어라는 1차적 기호는 신화의 기표로 작용하며 특정한 계층의 세계관과 이데올로기를 보편화하게 된다. 그것은 롤랑 바르트의 말로 하자면 거

짓된 자연스러움으로 권력을 행사하게 되는 것이다. 그럴 때 언어는 다만 의사소통의 수단을 넘어 우리의 삶을 규율하는 보이지 않는 강력한 기제로 작동하게 된다. 예술가들이 언어 기호에 끝임없이 의심을 눈길을 보내는 이유가 여기에 있다.

재래시장에 갔다. 순댓국집 알루미늄 쟁반에 놓인 돼지머리가 건너편 족발집 소쿠리에 쌓인 족발들을 보고 웃는다. 정육점 갈고리에 걸린 붉은 몸통들이 트로트 가락에 맞춰 춤을 추고, 해장국집 가마솥 속의 내장들은 뜨겁다고 툴툴거리며 누린 냄새를 토해낸다. 족발은 족발만의 행복으로, 돼지머리는 돼지머리만의 기쁨으로, 내장은 내장들만의 은밀함으로 자신들의 가격을 확인하는 시장의 소란. 서로가 한몸이었을지도 모를 그들이 각자를 부인하며 족발로, 편육으로, 내장탕으로, 순댓국으로 각자의 죽음을 서슴없이 조각내 팔고 있다. 돼지는 없고 족발만 있는, 족발만 있고 몸통은 없는 진열대 앞에서 갑자기 나의 손과 발이 나를 남겨둔 채 딴 데로 도망간다. 놀란 머리는 방앗간으로 들어가고, 길 한가운데 홀로 남은 몸통은 억울하다며 지갑을 뒤적인다. 아줌마, 족발 얼마에요? 수십 개의 족발이 내 몸통에 자석처럼 달라붙는다. 전생에 나의 삶을 살았을지도 모를 족발과 돼지의 삶을 살았을 것만 같은 내 몸통이 스티로폼 상자에 형제처럼 가지런히 담겨 서로의 안부를 두런댄다. 우리는, 발려놓으면 다 똑같은 살덩이들이라고 속삭이는 몸통 없는 머리들이 검은 모자를 쓰고 비처럼 쏟아지는 나른한 주말 오후.
르네 마그리트의 그림처럼, 나는 대수롭지 않게 구름 속
을 걸어간다.

　　　　　　　　　　　　　　　　　　 ―「르네 마그리트 그림처럼」 전문

　이 시의 배경은 재래시장이다. 족발집, 정육점, 해장국
집, 방앗간 등의 풍경은 현실의 재현에 가까운 시적 소재들
이다. 그로테스크한 동물의 육체성에 대한 묘사를 통해 보
이는 연민은 다만 시 전면의 의미망일 뿐이다. 시적 화자가
내세운 르네 마그리트는 애초에 재현의 공간과 원리를 파
괴한 클레나 칸딘스키와는 다르게 재현의 낡은 공간을 그
대로 수용하고 재현의 원리를 구현한 듯 보이게 회화를 구
성하고 있다. 두 화가가 보이지 않는 것을 그리기 위해 보
이는 것에 대한 묘사를 포기했다면 르네 마그리트는 보이
는 것과 보이는 것 속에 내재한 보이지 않는 것에 관심이
있었다고 푸코는 말하고 있다. 재현의 원리에 해당하는 '유
사'는 사물에 대해 고정된 인식을 우리에게 부여하지만 '상
사'는 원본 없는 복제의 무한한 반복을 통하여 사물 속에 내
재된 형상을 우리에게 새롭게 보여준다.
　르네 마그리트는 〈심금〉을 포함하여 수많은 작품에서 구
름의 이미지를 원용한다. 그리고 새로운 배치를 통하여 구
름의 이미지를 기존의 것이 아닌 새로운 이미지로 제시한
다. "르네 마그리트의 그림처럼, 나는 대수롭지 않게 구름
속을 걸어"가겠다는 것은 단지 풍경으로서 문제만이 아니

라 삶의 태도 더 나아가 시적 태도의 표명으로 읽는다. 눈에 보이는 일상의 풍경을 일상으로 이해하지 않고 사물 안에 갇혀진 새로운 형상에 대한 탐구가 그것이 될 터이다. 그럴 때 일상의 풍경은 낯설어지며 신화의 권력으로부터 벗어나게 된다.

"돼지는 없고 족발만 있는, 족발만 있고 몸통은 없는 진열대 앞에서 갑자기 나의 손과 발이 나를 남겨둔 채 딴 데로 도망간다"는 시적 진술은 일상의 풍경 이면에 내재한 낯섦을 보여준다. 돼지라는 기표에 소속된 족발이 더 이상 돼지라는 기의와는 상관이 없는 사태를 직면했을 때 일상의 기호는 무너져 내린다. 일목요연한 세계의 균열은 나라는 육체성의 주체마저도 해체하기에 이른다. "놀란 머리는 방앗간으로 들어가고, 길 한가운데 홀로 남은 몸통은 억울하다며 지갑을 뒤적"이는 주체는 '나'와 전혀 관련 없는 "머리"이고 "몸통"일 뿐이다. 육체는 해체되었으며 이 또한 특별한 일이 아니다. 다만 어떻게 배치되었는가의 문제만 남게 되는 것이다.

"전생에 나의 삶을 살았을지도 모를 족발과 돼지의 삶을 살았을 것만 같은 내 몸통이 스티로폼 상자에 형제처럼 가지런히 담겨 서로의 안부를 두런댄다"는 말처럼 배치된 구조에서 각자의 역할을 분할하고 있을 뿐이라는 것이 시인의 실존 인식이다. "아! 목 잘린 돼지와 목 자른 사람들의 절박한 아침"(「정유과 자본과 통로」)이야말로 시장 나아가 실존이 마주하는 세계의 진실인 것이다. 「차가운 기호」에서의 이니셜과 풍경의 문자에서도 기호의 세계에 대한 불신은 여전하다는 것을 보여준다. '횡단보도 좌우에 'ㅎ, ㅎ, ㅎ…' 몰려 있는 차가운 시니피앙의 대가리들과 미어캣처럼 눈알을 굴리며 풍경을 웅성대는, '?, ?, ?…'의 행렬들"(「차가운 기호들」)은 무화된 존재성을 보여준다. 횡단보도 앞에서 어떤 사고를 당한 "ㄱ과 ㅅ"을 향해 조소를 던지는 "ㅎ"들과 왜 그런지 의문을 가진 "?"들만 존재할 뿐이다. "차가운 시니피앙의 대가리"는 익명성 그리고 비인간성의 세계를 간접적으로 보여준다.

1

한번도 나로 살아보지 못한 또 다른 내가 나라고 믿는 나에게 팔뚝을 잘라 내밀며 너는 누구냐고 묻는다면, 그때 나는 누구의 꿈에 걸린 화두인가? 개나리 줄기 꺾어 땅에 꽂으면 다시 개나리 팔뚝 일어서듯, 나는 나의 수많은 복제複製 속에서 나라고 믿는 나 아닌 나를 나라고 애써 우기며, 누군가의 발밑에서 노란 두드러기처럼 일렬로 돋아 여러 개의 망설임으로 하나의 얼굴을 북북 긁는, 밤.

2

없는 꿈이 있는 꿈만 같아 깨어나지 못하는 마비痲痹의 흰 방바닥, 목숨 같지 않은 목숨이 중앙선을 넘어 나에게 달려오면, 내 안에 살고 있던 수많은 사건이 벼룩처럼 몸 밖으로 뛰쳐나가며 너는 누구냐고 심문하는, 나를 버리고 간 나의 서술어들과 내가 없어도 나를 몰고 가는 명사들의

탈주를 정중히 꾸짖는 피의 현장에서, 나란 내가 버리지
못한 나의 알리바이라는 것을 알기에, 나는 부재不在의 얼
굴이고, 그 얼굴에 팔뚝을 잘라 꺾꽂이하는 배신의 가위.

3

내가 나를 토막쳐 나의 몸에 나를 다시 심는, 여기와 저
기 사이에 포획틀을 치고 나를 한쪽으로 몰아세우는, 기
울어진 시간과 미끄러지는 의미들이 몰락의 한 시절을 저
울질하는 세속의 놀이터, 내가 없는 차이와 당신들만 있
는 여분의 적대적 공모共謀가 나의 꿈을 협박할 때, 우리
언제 술이라도 한잔하자며, 덧없는 약속으로 생활의 무릎
을 꿇리는, 중력의 날들. 나를 잡고 일렬로 쏟아지는 의지
들의 각혈, 개나리꽃 속 개나리들의 질식.

4

내가 나라고 믿었던 확신의 울타리에, 너는 체계의 착
한 부속部屬이라는, 배부른 계몽의 누런 목소리가 잡초처
럼 빼곡히 돋아나는, 자본의, 개 같은 날의, 꿈의 골수를
빨아먹는 보편성의 침대에 눕혀져 비역질을 당하는, 내가
쓰러져도 절대로 쓰러지지 않을 적들과의 동침. 저급한
유물론의, Domino의, 노을의 멍든 사태들. 내가 믿는 나
는 없으므로, 나는 영원한 세계의 불신.

—「Domino」 전문

이 시는 분열된 자아의 혼돈을 여실히 보여준다. "한번도 나로 살아보지 못한 또 다른 내가 나라고 믿는 나"라는 짧은 문장 속에 여러 개의 "내"가 존재한다. 살아보아야 할 나와 살아보아야 할 나로 살아보지 못한 나 그리고 나로 살아보지 못한 나를 나라고 생각하는 나 등이 그것인데 왜 이런 혼돈이 발생했나를 생각해보지 않을 수 없다.

이는 "나의 수많은 복제複製"라고 하는 전제와 맞물려 있다. 시뮬라크르에 대해 벤야민은 원본 없는 복제라 했으며 들뢰즈는 원본과 일치가 중요하지 않은 복제라 했다. 보들리야르는 원본보다 더 실제적인 복제라고 했다. 각각의 정의가 다소의 다른 뉘앙스를 가지고 있으나 정작 중요한 사실은 복제의 원본이 없거나 중요하지 않다는 사실이다. 나를 내가 아니다라 우기는 것은 나라는 원본이 존재한다는 말의 다름아니다.

그러나 이러한 나는 수많은 나 가운데 하나이다. 이 혼돈의 배경은 무의식 혹은 꿈과 같은 것일 수밖에 없다. "없는 꿈이 있는 꿈만 같아 깨어나지 못하는 마비痲痺의 흰 방바닥"이라는 구절은 그러한 상황을 잘 보여준다. 꿈은 복제된 나의 개별적 증상이며 병적 징후인 것이다. "나는 부재不在의 얼굴"이라는 역설적 문장은 규정된 나의 실존 혹은 원본의 형식으로 내가 존재하는 것이 아니라 그에 대해 부정의 얼굴로 존재한다는 것을 의미한다. "부재不在의 얼굴"은 "그 얼굴에 팔뚝을 잘라 꺾꽂이하는 배신"에서 비롯한다. 자아에 대한 끝없는 배신은 끝없는 자아 복제의 기원이 되는 셈이다. "내가 나를 토막쳐 나의 몸에 나를 다시 심는, 여기와 저기 사이에 포획틀을 치고 나를 한쪽으로 몰아세"운다는 것은 들뢰즈의 기관 없는 신체를 연상시킨다.

강도 제로의 기관 없는 충만한 신체는 비생산적인 것, 불모의 것, 태어나지 않은 것, 섭외할 수 없는 것이다. 이러한 꿈은 사회적 욕망 테두리 안에서 결정되는 사회 기계로서의 자아를 거부하는 것이기도 하다. "내가 나라고 믿었던 확신의 울타리에, 너는 체계의 착한 부속部屬이라는, 배부른 계몽의 누런 목소리가 잡초처럼 빼곡히 돋아나는, 자본의, 개 같은 날"이라는 구절에서 명백하게 드러나는 것은 세계의 진실인 차이가 무화되고 동일성의 세계에 갇힌 체계의 부속으로서의 자아에 대한 비판 의식이다. 차이를 무화시키고 동일성 안으로 편입시키려는 것은 권력의 욕망이다. 자본주의도 마찬가지다. 이전 사회와 달리 자본주의에서는 신분 등 사회적 코드가 해체되고 토지의 부속물로 존재하던 생산자가 토지로 분리되는 등 탈영토화된 사회로 보인다.

그러나 대개의 인간들은 자본가들이 요구하는 기관의 기계로 전락하고 말았다는 것이 들뢰즈의 판단이다. "자본의, 개 같은 날"이라는 날선 비판은 바로 여기에서 비롯한다. "내가 쓰러져도 절대로 쓰러지지 않을 적들과의 동침. 저급한 유물론"의 주인공은 이념으로서의 자본주의인 셈이다. 탈영토화 혹은 탈주의 형식을 선동하면서 동시 교묘하게 자본으로 재영토화시키는 자본의 이념 속에 살아갈 수밖에 없는 날들은 말 그대로 개 같은 날들인 것이다. 시집의 표제시 제목처럼 정신의 과잉을 해부하고자 하는 욕망도 동일성의 세계를 살아가도록 암암리에 강요받는 현실에 대항하는 혼돈스러운 정신의 자기 검열이라 할 수 있을 터이다.

신종호 시인의 시를 읽으며 인간은 왜 투쟁해야 하는가 하는 문제를 골똘히 생각했다. 그리고 이 시대에 우리의 싸움은 시의 운명과도 유사하게 패배의 운명을 타고난 것이 아닌가 하는 생각도 함께했다. 사유하고 시를 쓰고 끝없이 탈주하는 것이 시인의 운명이라는 것을 다시 한번 깨닫는다. 신종호 시인의 조금은 슬프고도 아름다운 시 한 편을 읽는 것으로 시에 대한 이야기를 마친다.

나의 방은,

왜? 라는 발자국만 남기며

사막을 건너가는

붉은 양탄자 속 단봉낙타 행렬

노을에서 노을로

그냥 그렇게 저물어가는 하루

나의 방은,

구름에 매달려 날아가는

바위의 눈물

바람이 아는 깃털의 발꿈치

아! 뒤죽박죽으로

끓고 있는 여기, 구름의 방

—「구름의 방」 부분

현대시세계 시인선 **160**
해부되는 정신의 과잉

지은이_ 신종호
펴낸이_ 조현석
기　획_ 김정수, 우대식
펴낸곳_ 북인
디자인_ 푸른영토

1판 1쇄_ 2024년 02월 24일
출판등록번호_ 313 - 2004 - 000111
주소_ 121 - 842 서울 마포구 서교동 460 - 34, 501호
전화_ 02 - 323 - 7767
팩스_ 02 - 323 - 7845

ISBN 979-11-6512-160-0　　03810
ⓒ신종호, 2024

**이 책은 2021년도 한국문화예술위원회 아르코문학창작기금
지원사업에 선정되어 발간되었습니다.**